Cercles d’onde

Roger Judrin

Cercles d'onde

aphorismes

serge safran
diteur

Publié avec le concours de Jacques Message

www.sergesafranediteur.fr
ISBN : 979-10-97594-84-8

Au lecteur

Voici le dernier livre de mon père. Je n'ai jamais écrit ni sur moi, ni sur lui, mais je me trouve devant un autre moi-même. Seul le recul de l'âge me donne cette audace.

Je sais que mon père écrivain avait une aversion pour le déballage ordinaire de la vie, d'où son unique *Dépouille d'un serpent*, mais il s'est livré dans une cinquantaine de livres, comme peu d'auteurs, sur la description de sa nature et de la nature humaine. L'homme de l'analyse a aussi le sens de la synthèse. En se regardant avec la somme de ses contradictions, il atteint l'autre.

Mon père est d'abord entré en dialogue intime avec la langue française par la connaissance du XVIIe siècle, mais avec l'audace abrupte du XXe. Dire le plus de pensées en peu d'espace. Il espéra un instant que notre goût paresseux et actuel du raccourci pourrait apprécier une forme de maximes complice de notre publicité hâtive.

Poésie, théâtre, critique littéraire pendant vingt-six ans. À la NRF il eut pour compagnons de route Montaigne, Saint-Simon, Alain le maître, Paulhan le subtil, avant de se consacrer à l'aphorisme. J'ai presque le sentiment d'être un tant soit peu responsable car il me demanda, un jour, sur quelle voie je pensais qu'il avait à poursuivre son chemin. Je lui répondis : « l'aphorisme », sentant qu'il avait là, dans ce domaine, une force certaine dans sa propre exigence, une expérience de vie digne d'un moraliste des temps modernes.

Le titre poétique de ce livre qu'il savait être le dernier a la forme d'un testament.

Les rides de l'onde se répondent les unes aux autres, comme en écho. Un écrivain souhaite toujours être le reflet de celui qui le lit.

Claudie Judrin

De mes cailloux jetés
voici les cercles d'onde
dis-moi les tiens
lecteur

Ce que j'aime dans le caillou,
ce sont les ronds qu'il aime
et multiplie dans l'eau.

Journal d'une monade, le 20 mai 1968

À PROPOS DES PENSÉES DÉTACHÉES

Mes ouvrages relèvent d'un genre où n'ont leur place ni les proverbes qui sont des dictons sans pères et populaires, ni les sentences, qui sont des pensées brillantes arrachées à l'étoffe de la prose comme des paillettes d'or aux sables des rivières.

Ce qu'on appela longtemps l'esprit d'un auteur était le recueil posthume des vues profondes et des traits éclatants dont l'abrégé parlait vite et haut à la curiosité d'un lecteur pressé.

Les florilèges avaient la couleur et l'étendue du bouquetier, fût-il Érasme. L'épitomé le plus substantiel et le plus amoureux des livres de Montaigne ou de Montesquieu, de François de Sales ou de Leibniz réunissait des feuilles mortes.

Il en allait autrement, et pour la première fois, des maximes de La Rochefoucauld. Leur audace a sujet encore de nous étonner. Leur excellence et le grand nom, tenu caché, de l'écrivain, alors âgé de cinquante-deux ans, sauvèrent un trésor qui discrètement se donnait pour en être un.

Car enfin, à part l'illustre obscurité d'Héraclite et la sagesse habillée de poésie des prêtres et des philosophes, l'autorité absolue de la rhétorique s'appuyait de la coutume inviolable des écoles et des librairies pour considérer les pensées détachées comme la balayure d'un discours interrompu par la mort. Nicole s'excusa d'avoir à montrer au public un Pascal épars sur sa couche funèbre. Lorsque Chateaubriand publia des extraits de Joubert, il honorait aussi la mémoire d'un ami.

La cicéronerie continuait de gouverner le goût par celui de l'Université. Jusqu'aux moins doctes des lettrés reprochaient à Sénèque, selon le mot de Caligula, de n'avoir pas bâti ses traités à chaux et à sable. La monture d'un diamant en faisait le prix. Il fallait enchâsser les pierres dans le ciment. On trouvait sans lien ce qui était sans liant. La nature même de l'inspiration échappait au discernement des connaisseurs. Ils feignaient d'oublier que le manuscrit le mieux né grossit phrase à phrase, que le vent favorable a le souffle assez court, et que l'entassement des pages trahit moins quelquefois le flux de l'invention que le dévoiement de la plume.

Au vrai, l'étoupe des transitions et l'art du remplissage, s'ils fatiguent les auteurs, soulagent l'inapplication des lecteurs de qui l'esprit, à la lumière un peu molle du chevet, glisse au sommeil sur les bords d'un style coulant.

Je me souviens du délicieux ébahissement des premiers admirateurs de Valéry. Il les invitait à perdre le fil. Il ne bouchait pas les trous de la trame. La réflexion devenait un fruit que l'on mangeait sur l'arbre.

Or voilà qu'en ce bout de siècle où les nombres dévorent les mots et la fureur des images la maturité des méditations, les marchands se battent sous des enseignes dont les devises, par la brièveté de leur à-propos, attirent les chalands aux boutiques.

Après les médecins, dont Hippocrate, prince des aphorismes, est le patron, les gens d'affaires entrent dans le feu du laconisme. La monnaie des formules est frappée au coin d'Hermès et le commerce rend des oracles de pacotille.

J'ai voulu rappeler, malgré la diète de la littérature et parmi le vacarme des criées, mais à la faveur de l'engouement pour les adages qu'excite aujourd'hui la guerre de l'argent, que les maximes conservent des droits sur les choses du cœur et de l'esprit.

Lorsqu'on jette un caillou dans l'étang qui sommeille l'eau s'arrondit autour du choc ; on voudrait qu'ainsi lancée l'occasion d'une remarque ouvrît de cercle en cercle dans l'esprit du lecteur un concert d'harmonies.

Cercles d'onde

À peine l'homme a-t-il fini d'être un enfant qu'il en fait un. La continuité est aussi chère à l'espèce que le progrès lui est indifférent. L'émulation, que Darwin prête à la nature, lui est étrangère. Voit-on jamais que d'une élection sorte une élite ? La race de Caïn s'est fort bien passée de l'oncle Abel.

*

Les nœuds de la sympathie sont très vifs et très indiscrets. Si l'on s'abandonnait à la chaleur naïve de leur emportement, il y a des personnes sur qui nous jetteraient un premier regard, la musique d'une voix, le toucher d'une main, un rayon de bonheur, un effroi délicieux, l'aimant nocturne d'une aiguille.

*

La naissance d'une pensée est tantôt bégayante et barbouillée, tantôt informe comme un diamant brut. Mal digérée ou trop polie, j'en trahis la promesse. Un écrivain qui ne trouve pas en lui-même son critique est une glace sans tain. Il n'est pas naturel de l'être quand on écrit.

C'est dommage que le beau mot d'amateur indûment s'applique à l'éternel apprenti qu'un faux rôle promène de fleur en fleur. La mémoire de la postérité nous trompe. La littérature, quand elle mérite son nom, n'a jamais eu, en tout temps et en peu de pays, occupé qu'un petit nombre de fervents. Beaucoup de ceux qui savent lire sont incapables d'écrire. Les écrans sont les bibliothèques du grand troupeau. Les bouches ânonnent ce que les yeux ont cru voir. Deux guerres universelles ont rompu la trame du langage et ruiné l'école dans ses maîtres, la beauté dans sa patience, la réflexion dans son expression, les métiers dans leur humilité. Il semble que les trésors soient ouverts aux esprits neufs, mais si violemment et si confusément qu'ils ont noyé l'esprit d'enfance.

*

Nous voilà bientôt cul-de-jatte ou cul-de-plomb. L'Américain marche si peu qu'il est réduit à trotter pour sauver ce qui lui reste de mollets. Les voitures, les avions, les fusées le jettent aux quatre coins du monde, mais sur les fesses ou sur les reins. Il vit par procuration d'images et de sons. Le messager s'évanouit dans son message. L'ange n'existe pas. Il peut ignorer ce qu'on lui fait dire et ne pas savoir lire la lettre qu'il apporte. Le voyageur n'est qu'un pigeon. Le réveil du voyageur cherche une boussole sous l'oreiller.

*

La vie intérieure nous vient du dehors comme l'autre nous est venue.

*

La bière et le vin seraient moins redoutables si le besoin de boire étanchait la soif. Mais, dans l'ivrognerie, l'âme et le corps sont les complices de l'ivresse et le dérèglement les réunit dans la débauche. Le fond du plaisir consiste à s'affranchir des habitudes. Or la nouveauté d'un délice nous attire à le renouveler. Nous voilà condamnés aux rechutes successives dans une implacable routine.

*

La lumière est belle de nous frapper obliquement. La présence d'une femme qu'on aime nous éblouit ; son absence nous illumine.

*

Si j'étais mon corps et enfoncé dans ma chair, ma prison me cacherait que j'en suis le gardien. Cette enveloppe que je puis détruire, et que détruira ma mort, me rend présent à son absence toutes les fois qu'en elle je la réveille comme un étranger qui rentre chez soi. Je suis deux en un et séparé quoique indénouable et souffrant souvent d'une souffrance qu'un dormitif honteusement m'épargnerait.

Nous vivons dans un siècle d'ivrognes. On s'imbibe de drogues, on boit la folie, on inocule la frénésie, on enrage la danse, l'homme s'abolit dans la bête, la raison n'a plus de frontières.

*

Le talent tire des mots qu'avait rouillés l'usage de la pointe d'un paratonnerre.

*

L'enfer des loisirs cherche un repos dans les travaux.

*

La torture invente le mensonge qui suspend le supplice.

*

Nous devons à l'insensible vigilance de nos corps les bienfaits de nos sommeils. Plus parfaite est l'absence de l'esprit, mieux l'âme se porte.

*

Quelle espèce de bien serait l'impossibilité d'un mal ? L'infaillibilité du succès abolit le jeu. La parfaite mécanique n'a pas de mécanicien. Nous vivons de savoir que nous mourons tous les jours. Les convives des banquets égyptiens se passaient de main en main l'émail d'une momie.

*

Les mouvements qui partent du cœur ont les dehors de la liberté.

*

L'art de Corneille atteint au sublime par la fierté naturelle du poète. C'est le ressort miraculeux de Victor Hugo.

*

C'est parce que Jésus eût peut-être absout Judas que Judas ne s'est pas pardonné d'avoir su ce qu'il avait fait. Lorsque Marie-Madeleine avait versé la myrrhe sur les pieds du maître elle embaumait par avance un crucifié. Or l'Iscariote partageait l'opinion qui valut à Pierre d'être appelé Satan. Se fiant aux miracles du rédempteur, il s'attendait que le Seigneur, chassant les Romains, régnât sur les Juifs. Il avait mis sa foi dans un vivant qui ressuscitait une patrie. Il n'imaginait pas qu'un ressuscité devînt Dieu. Voilà le mystère des trente deniers. Le patriote n'était pas un apôtre. Sa Jérusalem n'était pas céleste.

*

Travaillons à bien penser, dit Pascal. Or ceux qu'on nomme à tort des bien-pensants sont des paresseux qu'ont bouffis l'écho des gazettes et des cafés, la trivialité des phrases faites et la platitude des opinions reçues. La force du jugement en suppose tour à tour la pointe, la suspension et la résolution. Toute vérité est laborieuse.

*

Si la volonté n'est pas de compte à deux avec la grâce, les dons de la nature sont inutiles. Le génie dépend de l'accouplage dans une même personne d'une semence avec un terroir. Le dieu veut que la vierge veuille. Ni l'assentiment, ni le consentement ne suffisent à porter fruit. Les vignerons, lorsqu'ils ont fait boire au fût de chêne le suc de la treille disent que l'invisible évanouissement des fumées patiemment sorties des tonneaux a été le partage des anges. C'est ainsi que la vie des grands hommes s'offre en holocauste aux démons qui les travaillent.

*

C'est à coups d'éperon que le cavalier force la hardiesse de deux ventres.

*

La perfection que je prête aux personnes et aux choses que j'aime me rend jaloux d'elles et comme indigne de les posséder.

*

Le joueur est indigne de ses enjeux. Il s'agit toujours de gagner tout d'un coup sans mérite et sans don les trésors gratuits des mille et une nuits des bras croisés. Un voleur paye du moins ses larcins du danger qu'il court et des combinaisons parfois laborieuses d'une intrépidité hors du commun. Les fruits du hasard tombent d'un paradis sans dieu sur des corps sans têtes.

*

L'esprit de compétition trouve en nous son contrepoids dans l'esprit de compensation. En chacun de nous se battent un violent et un sage, un avare et un partageur. La balance n'est pas un attribut de la justice, mais l'idée même de la justice.

*

Avouons que l'intelligence, par sa propre nature, est impie. Ses explications ne s'élèvent qu'en descendant. Alain, qui ne croit pas en Dieu, mais qui n'a cessé de marquer sa bienveillance envers la religion catholique, a fait rentrer les dieux dans l'homme et l'Olympe dans Homère. On a beau soutenir que les charmes de Beethoven ne relèvent pas de sa surdité, ni le chant de Falla du délabrement de ses poumons, les prodiges des magiciens ne sont plus guère les énigmes de nos savants. La raison borne nos raisons. C'est par une ruse de l'amour intellectuel que Spinoza se sent éternel. Nous n'envions plus même à l'histoire des hommes le temps béat où le moine en son coin lisait son bouquin.

*

La passion joue bien les mauvais rôles.

*

Dieu est esprit parce que le Christ a refusé d'être David, et que toute âme a besoin d'être sauvée, et que le travail la purifie, et que sa force est dans sa faiblesse, et que sa clef est dans la prison de son corps.

*

Jésus demande à Jean le baptême parce que sa propre innocence ne se lave pas du péché de l'homme dans la cuvette de Ponce-Pilate.

*

La seule preuve qu'autorise la foi, c'est qu'elle consent par avance à ses inévitables déconvenues, aux chagrins qui la démentiront, aux deuils que secoueront ses sanglots, aux ruines où nicheront les choucas, aux amertumes que traîne après soi le courage. Ce n'est pas la plus facile des aumônes que d'être parfois charitable envers soi.

*

Tu sais que mon argile est molle à la main du potier, et qu'à me croire meilleur tu me rends moins mauvais. C'est par où le bon maître est le magicien de sa classe.

*

Ce qui rend furieux le taureau, c'est moins le rouge de l'étoffe que la douceur du chiffon où il s'enfonce. Quoi de plus irritant pour un Napoléon qu'un Koutousov et pour la folie que la raison !

*

L'audace de Napoléon s'appuyait des hardiesses de Murat.

*

Les avocats ferment la bouche des aveux.

*

Les musées purifient l'envie. Ils nous font croire que ce qui vaut très cher n'est pas à vendre.

*

Jusqu'à l'illusion du bien nous est bonne.

*

L'écoulement de la clepsydre est-il moins sûr que celui du sablier ?

*

Le tricheur sait qu'il n'a pas gagné.

*

Le soleil dit l'heure sans la savoir, mais l'homme sait qu'il n'est pas l'horloger du monde.

*

Les orteils de la danse humilient nos talons.

*

Le passe-partout d'un siècle est la fausse clef d'un génie.

*

On marche à quatre mains dans le paradis des singes.

*

Les incrédules souhaitent qu'on les croie.

*

Le monde est naïvement tel qu'il se montre à nos regards. C'est parce que l'année forme un anneau et que l'étoile du soir est la même que l'étoile du matin, c'est parce que la nuit n'est pas une poussière d'astres que les mouvements du ciel ont instruit nos pensées, car il est à minuit tel qu'à midi, dans six mois, je le reverrai.

*

Le premier auteur à m'écrire après qu'eut paru mon premier livre fut Gaston Bachelard.

*

On dit d'une chose qu'elle n'a pas de prix lorsqu'elle est trop précieuse pour en avoir un.

*

Quelle porte ne s'ouvre dont on n'ait graissé le marteau ?

*

Si les âmes mouraient dans les corps, l'humanité n'eût pas eu d'histoire.

*

Il est absurde de s'enivrer pour mieux peindre un ivrogne. On ne se sert pas d'une extase pour la raconter.

*

Sa prudence était si tranquille qu'il peignit un chien de garde sur le seuil de sa maison pour en écarter les voleurs.

*

Entre la brosse et le battoir riaient les amours des lavandières.

*

Songe à moi quand tu manges, dit la patte du chien sur le genou du maître.

*

La cadence des rames entre les roseaux battait des ailes sous un ciel rose.

*

L'instinct n'est pas simple. La tigresse a la tendresse de toutes les mères. La nécessité de survivre et de procréer borne les frontières et les saisons qu'elle a fixées. C'est La Fontaine qui roucoule dans l'amour des deux pigeons. Nous sommes nés pour franchir nos barrières. Nous sommes aussi ce que nous ne sommes pas et trop bons pour être méchants, mais assez méchants pour n'être pas bons. Témoin l'étrange monnaie de notre commerce. Nos sueurs, nos soucis, nos joies, sont doublement nous-mêmes dans la force de nos vertus et dans la tyrannie de nos vices. L'une des forces de Protée montre les splendeurs de la beauté, de la vérité, de la charité, mais, sur le revers de la médaille, la dureté, le crime, la vengeance, l'horreur et la guerre.

*

L'arithmétique a sujet de nous effrayer. Le zéro, selon qu'il est placé, rend innombrable son rien.

*

On ferme les yeux à l'évidence pour se donner le temps de la nier.

*

Il vaut la peine de revenir à nos moutons. Des magiciens écossais ont fabriqué de toutes pièces une brebis un peu chimérique. Ils l'ont tirée sans bélier des mamelles très particulières de deux ouailles plantées dans une troisième qui a mis bas une moutonne un peu sublime dont l'original est susceptible de copies innombrables et presque parfaites. Or cette bouture animale découple le système universel de la procréation. Pour la première fois, dans l'histoire des créatures, la femelle suffit à féconder la femelle. La chiquenaude du mâle ne met plus l'espèce en mouvement.

*

La langue chinoise aurait dû désespérer les jésuites. Elle n'a pas de mot pour désigner Dieu. Il est vrai qu'en hébreu même il était Celui qui est.

*

Parce que l'homme est déjà dans l'enfant, l'enfant peut devenir un homme.

*

Il est plus facile au pauvre qu'au riche d'être riche en Dieu dans un homme.

*

Les athlètes se mortifient pour se fortifier.

*

Point d'estime un peu chaude où n'entre un peu d'amour.

*

Une borne est plus belle d'être une fontaine.

*

Nos réflexions sont des pensées qui ont avalé leur langue. Hugo lui-même, tout sonore qu'il est, avait une bouche d'ombre.

*

Par la vertu de sa propre censure, chacun devient le canal de son torrent.

*

Du plaisir de la fille à la joie de la mère le cours est plus harmonieux que du vert-galant au père.

*

Sous les mains de Rodin, l'accouchement de l'esprit tient des grimaces de la colique. Un vers de Baudelaire a ridé le front de Platon. C'est d'en bas que Dorine voit le haut de Tartuffe.

*

De l'abeille nous ne voyons que le miel et du frelon l'aiguillon. Les deux insectes sucent le même jardin.

*

Ce que j'attends d'une amie n'est pas tout à fait ce que j'attends d'un ami.

*

Il arrive que l'entendement m'exalte et que l'imagination me conduise.

*

Le savoir et le savoir-faire n'ont pas le même âge.

*

L'écueil du jeu, c'est que le hasard s'y érige en calcul afin de justifier sa folie.

*

Le plaisir d'écrire est celui qu'on prend à trouver ce qu'on ne cherchait pas.

*

Le vice aime à se répandre parce qu'il a la victoire facile. Agnès avait le cœur à la danse.

*

Les gens d'esprit ont assez de plaisir à en avoir pour s'épargner d'en montrer.

*

On voudrait que toute corruption fût un ferment.

*

Nos machines à penser ne sont qu'arithmétiques. Filles de la raison, elles sont aussi trop raisonnables pour ne pas manquer d'imagination. Les poèmes qu'elles fabriquent ressemblent aux automates d'André Breton. De même que le dérèglement dogmatique est une culbute, les fruits d'une méthode sont d'une platitude écolière.

*

La force des épaules est la mesure du poids des fardeaux.

*

La plénitude du style est si puissante dans la prose de Bossuet qu'elle a l'autorité d'une voix.

*

La fuite de Darius ajoute au respect que marque Alexandre à la femme du vaincu.

*

Je suis indulgent pour les indifférents parce que je plains le non-être des vivants.

*

Le juste relève de l'à-propos. La place, le moment, l'occasion n'inventent pas ; ils trouvent ou ils retrouvent ; ils ne créent pas, ils accomplissent. Ils sont le dimanche de la semaine, le soir de l'âge, la paix sous la lampe ; la solitude leur est moins chère que la bonne compagnie. C'est dans l'exactitude qu'ils rencontrent la surprise.

*

La reine de Saba vint proposer à Salomon l'énigme qu'elle était.

*

La convalescence nous rend un visage d'enfant.

*

Il n'est que trop aisé de descendre en soi-même.

*

Ceux dont la noblesse illustra le nom ne sont en Adam que des roturiers.

*

Les ingrats digèrent trop vite pour se nourrir.

*

La ciguë de Socrate ne put désabuser Platon de l'art politique. C'est qu'il descendait des rois et que, par trois fois, l'enchantèrent les sirènes de la Sicile. Sa grande âme attendait l'âme de Marc-Aurèle. Depuis l'esprit des lois travailla Montesquieu et Tocqueville.

*

La lumière fascine et le mouvement donne la fièvre.

*

Tout l'esprit de la musique est dans ses variations.

*

Penser, le plus souvent c'est taire aux autres ce qu'à soi-même on dit. Cette parole muette est le monologue constant d'un solitaire éveillé dont la confidence, frappant sans cesse à la porte, est un supplice. Que de fois on souhaiterait, de soi à soi, d'être discret ou absent ! Mais je suis l'accompagnateur obligé, jusque dans mes nuits, d'un infatigable bavard. Je suis en proie à ma bouche close et à ma fontaine scellée.

*

Un bon mot peut n'être qu'une bulle de rire, l'à-propos surprenant d'un hasard oblique, le trait plaisant d'une malice, la rencontre heureuse ou le divorce éclatant du sens avec le son.

*

Le jeu de l'esprit est un exercice de l'âme. Mais l'esprit du jeu a le piquant de l'ironie, la coquetterie du désespoir et la noirceur du sourire. Quant à l'humeur des Anglais, elle brille dans le brouillard avec l'obstination nocturne d'un fanal.

*

Quand les yeux d'une personne annoncent trop d'esprit, sa bouche ne manque jamais de nous détromper.

*

J'achète à vil prix les gens qui se vendent.

*

Alexandre avait appris d'Aristote à comprendre Bucéphale.

*

L'idée commence où finit l'opinion. Tu ne me dirais pas ce que tu penses si tu pensais à ce que tu dis.

*

La pauvreté du moine est riche de son abbaye.

*

Le ciel continue d'écrire nos semaines. Mais notre ingratitude ne sait plus consacrer nos lundis à la lune, nos mardis à Mars, nos mercredis à Mercure, nos jeudis à Jupiter, nos vendredis à Vénus, nos samedis à Saturne et nos dimanches à la Résurrection du Maître.

*

Rarement se taisent les yeux et les mains du silence.

*

Nous avons sujet d'envier aux girafes et à maints oiseaux le tendre emmêlement de leurs cous.

*

Tes yeux, que la langueur allongeait en amandes, voilaient au travers de tes larmes un éclat violent de rosée.

*

Je vénérais dans la rue déserte la maison fermée dont les toits roucoulaient.

*

Un oiseau qui couve n'est jamais seul.

*

C'est un métier que d'assembler des animaux et des hommes sans que l'émotion se tourne en émeute, la troupe en troupeau, le régiment en horde et le cirque de Titus en sédition de Justinien.

*

La foi d'un homme dans son étoile abuse de l'astronomie. Les divinations de Tirésias ne nous cachent pas qu'il est aveugle.

*

Ceux qui nous veulent du bien sont parfois nos plus redoutables tentateurs. C'est à Pierre que Jésus a dit : « Arrière, Satan. »

*

L'espérance chrétienne n'attend pas pour croire. L'amour se donne. Elle n'a pas créé son créateur. Le creux de la main n'est pas la source.

*

Le riche trouve en soi de quoi aimer le pauvre qu'il est aussi.

*

Ceux qui pensent à ce qu'ils écrivent, écrivent autrement ce qu'ils pensent.

*

Le hasard, c'est en langue arabe le dé. Ce petit cube de bois, d'ivoire ou d'os est marqué sur chacune de ses faces d'un à six points, et ce dernier chiffre est celui du bonheur. Cette chance, qui ne relève pas du calcul, est pourtant un nombre.

*

L'âme du mérite est mercenaire.

*

Un Achille sans talon n'est pas un héros.

*

Racine s'applaudit dans la Champmeslé.

*

Celui qui veut se perdre gagne toujours son pari.

*

La profondeur du diable a les dehors de l'intelligence et la gaieté de la source. Elle réduit Cléopâtre à son nez, Cuvier au poids de son cerveau et Dieu à son prophète.

*

Quelle opinion molle que la conjecture de la réincarnation. Si une seconde vie rend la première inutile et que Monsieur Madeleine ait oublié qu'il était Jean Valjean, le forçat demeure un forçat. Si l'homme nouveau est un nouvel homme, l'Évangile est une mauvaise nouvelle.

*

Il fallait que Dieu se fît homme pour persuader les hommes de l'affinité qu'ils ont avec le divin. Je veux en toi ce que tu peux par moi. Ton miracle est le nôtre, dit Jésus, l'eau du désert est dans ton puits. Tu tireras des figues du figuier stérile. Tu seras le printemps de ton hiver.

*

Ceux qui ne croient pas à l'ascension du Christ des Évangiles ne s'étonnent pas de monter au ciel.

*

Le confessé se sent moins mortel que son péché. Il est au-dessus de sa faute puisqu'il a cru qu'il valait mieux qu'elle.

*

Hors du bas âge, il n'est permis qu'à l'idiot d'être innocent.

*

Jeanne d'Arc, trouvée pucelle à dix-neuf ans, reçut en hommage la virginité de son surnom.

*

Le négligent ne ramasse pas ses forces. Il ne lie pas le bouquet des fleurs qu'il a cueillies. Il n'achève rien de ce qu'il a entrepris. Il tâte, il essaie, il muse. C'est un éternel commençant.

*

Toute ma force est dans mes nerfs, et tout mon malheur. Je pense, donc je souffre. Ma misère me fut donnée avec ma joie. Je porte en moi un Voltaire qui tombe en riant et la gravité d'un Leibniz qui le relève. Mon cœur est pour Jansénius et ma raison écoute Ignace. J'admire d'autant plus les apaiseurs que la douceur n'est pas mon fort.

*

Si tout m'était Dieu, je ne saurais pas prier.

*

Il faut que le monde cloche, car il n'avance qu'en boitant.

*

Nul n'a vu Dieu. Il fallait pourtant que la serrure eût un trou.

*

Il faut que ma liberté ménage la tienne pour ne pas nuire à la nôtre.

*

Un enfant naît libre pour entrer dans un maillot.

*

Le je et le moi inquiètent le tu et le toi.

*

Le sang d'un notaire ne ment pas. Le vieil Arouet avait tort de tracasser le jeune Voltaire qui fit sa fortune dans la philosophie.

*

Il est moins difficile de culbuter une erreur que d'asseoir une vérité.

*

La singularité de paraître universel est trompeuse. Wagner est trop allemand pour que Debussy ne soit pas trop français. Chardin a une manière d'être hollandais qui n'est pas batave.

*

Aucune forme de liberté n'est souveraine. Le chrétien souhaite dans sa prière qu'arrive le règne de Dieu. C'est avouer que la volonté de Dieu n'est pas faite sur la terre. Tout réduit l'enfant, dès le ventre de sa mère, à se gêner en gênant sa mère. Le corps et l'esprit ne cessent de se contraindre l'un l'autre pour continuer d'être. Il n'est rien dans l'individu qui dépende uniquement de lui-même. Le libre-arbitre est le plus creux des mots et la plus habitée des coquilles vides. Nous sommes aussi peu maîtres de nous chez nous qu'un pagure dans une enveloppe de buccin. Le bernard-l'ermite n'est pas même une huître.

*

Le rimeur serait un esclave s'il n'avait choisi d'être un joueur.

*

Qui ne sait pas se taire n'a pas appris à parler.

*

La poésie est une langue cachée dans chaque langue aux lèvres marchandes.

*

On se procure des plaisirs ; la joie transporte.

*

Expliquer et s'expliquer, c'est parler trop haut. La vérité ne sort pas des deux bouts de la controverse.

*

Si la mode avait des raisons d'être suivie, elle n'intéresserait personne.

*

Pour les petits yeux du gros public, le philosophe est un homme revenu de toutes les erreurs. Il porte une barbe pour s'épargner de la raser. Il se moque du monde avec les dents de Diogène. Il est épicurien à la table des autres et parfois dans leur lit. Il est surtout platonique dans ses amours et stoïque dans ses deuils. Il se promène sous les portiques ; on le voit peu dans les temples. L'absence ou le dédain du malheur suffit à son bonheur. Il travaille à se rendre insensible à l'opinion qu'on a de lui-même. Son escrime se borne à s'effacer. Fut-il vivant ? Sera-t-il mort ? Il était sage.

*

Qu'étais-je avant d'être deux en un, au bout d'une chaîne d'ancêtres innombrables dont j'ai connu quelques visages ? Mais aussi quel privilège infime et miraculeux, dans une courte vie dont c'est pourtant la quatre-vingt-huitième année, d'avoir été témoin du spectacle incroyable, sur la petite planète ronde et bleue, d'un univers inconcevable et qui n'est pas incompréhensible ? Ne dois-je pas remercier le sort de m'avoir accordé dans un corps sain assez d'esprit pour admirer dans le vrai, dans le beau et dans le bien ce que leurs contraires ont obscurci sans les détruire ? Est-ce rien, fût-ce dans un coin de l'espace et du coin de l'œil, d'avoir été le passant religieux de ce qui le passait ?

*

Le talent est l'acquis du génie.

*

Ce qui fut bien dit ne cessera pas d'être mieux dit.

*

La porte était ouverte quand l'impromptu passa par la fenêtre.

*

La correspondance est la vraie compagnie des gens d'esprit. Une lettre nous représente mieux un ami que n'eussent fait sa présence et la nôtre.

*

La correction d'un texte suppose une faute qu'elle efface mal.

*

Les rênes flottantes marquent la paix des cavaliers.

*

La victoire aime trop la résistance pour affermir la paix.

*

Le miel de l'abeille en fait oublier l'aiguillon ou le rend davantage haïssable.

*

La satire semble ignorer qu'il y a des guêpes sans dard et des méchancetés presque innocentes.

*

Les épines ont-elles défendu les roses ?

*

L'ennui se fait aimer jusque dans le jeu.

*

Saint-Simon ne doit qu'à son génie des mots et à la violence de leur couleur de n'être pas dans ses Mémoires un défilé de lanternes éteintes.

*

La paresse est le moins véniel des péchés capitaux. Où le feu manque il n'y a pas d'esprit.

*

L'humanité devait à peu d'hommes et en peu d'endroits de la terre les clartés jalouses de l'esprit. La Chine, l'Égypte, les pays du Levant, la Crête, la Grèce et Rome distinguèrent notre espèce d'avec les merveilles dociles de la création. De lumière en lumière, la pensée divinisera l'animal que nous sommes encore.

Ce fut pourtant par les hardiesses du négoce et par la curiosité marchande des navires que les nations, venues de près ou de loin, se frottèrent avec l'étranger. Elles ouvrirent leurs oreilles et leurs yeux au trafic des inventions, à la comparaison des langues et des mœurs, aux amours guerrières de l'imitation. Voilà comment se noue pour la première fois un commerce universel des corps et des idées. Les frontières reculent ou s'effacent, elles sont happées par l'immense attrait de l'espace. L'Europe et l'Amérique, l'Afrique et l'Asie s'entretouchent à l'aide de satellites, par le regard et par la voix. Les jours séparent à peine les continents. Les personnes, les bourses, les politiques sautent d'avion en avion, de clin d'œil en clin d'œil, de nécessité en caprice, dans l'ubiquité d'un monde unique. Tout nous empêche d'être chez nous. Déjà notre planète ne nous suffit plus et la lune est notre reflet.

*

La longueur de ma vie m'a permis d'être un auteur posthume.

*

Nous aimions dans Giraudoux une légèreté essentielle.

*

Les hommes qui faisaient bien la guerre trouvaient que Ninon faisait bien l'amour.

*

Les vices des femmes sont l'invention des hommes. Ce fut Paulhan qui fit écrire *Histoire d'O.*

*

Nous avons besoin d'être aimés pour plaire.

*

Périclès trouva un honnête homme dans Aspasie.

*

L'effronterie d'une femme est si étrangère à sa beauté qu'on l'excuse dans un laideron.

*

La grande beauté n'a pas d'âge dans une femme d'esprit.

*

Orphée veut aux enfers arracher Eurydice. Béatrice ouvre à Dante le paradis.

*

Marion de Lorme était bien née, mais glorieuse et dissipatrice. La marquise de Maintenon, presque née dans une prison, avait appris de Ninon de Lenclos qu'une nourrice de bâtards pouvait devenir l'épouse presque sacrée d'un grand monarque.

*

Racine fait un peu trop ce qu'il veut de personnages qui ne savent guère où ils vont. Il est le Dédale de son labyrinthe.

*

Marie-Madeleine de La Fayette et de duc de La Rochefoucauld trouvèrent enfin dans leur jardin désenchanté le délicieux printemps de leur hiver.

*

Orphée peut aux enfers arracher Eurydice.

*

L'immense troupeau des indifférents a ouï dire que l'amour était une maladie contagieuse.

*

On parle si peu des honnêtes gens qu'ils sont heureux sans le savoir.

*

Le corps fut si longtemps le mystère de l'esprit que les médecins, non moins que leurs patients, continuent d'être amoureux.

*

Nos raisons d'aimer ne sont déraisonnables que d'être inutiles.

*

Le Dieu de Gide était le plus présent de ses absents.

*

La perte d'une valise en publie le secret par l'entremise du commissaire.

*

Qui nous préfère nous compare à d'autres. Il n'est pas un amant ; il est un acheteur.

*

La joie n'est pas une récompense. La nature nous ayant fait grâce de tout, nous ne lui devons rien.

*

L'art obéit à la nature d'un grand poète.

*

Seul un faux-monnayeur peut se réjouir d'une copie parfaite.

*

La croissance nous promet la diminution.

*

La piété préfère à l'indifférence du sort la rigueur d'un Dieu. Plutôt Port-Royal que La Mettrie.

*

La réalité n'est pas moins imaginaire que l'imagination n'est vraie. Tel rêve debout qui agit en songe.

*

Une pente nous entraîne, mais nous pouvons la remonter. Le langage est optimiste.

*

L'homme ne sera jamais digne d'être un homme.

*

Jésus s'est fait homme afin d'obtenir de l'homme qu'il se fasse Dieu. Soyez parfait, dit-il, comme votre Père du ciel est parfait.

*

Pire que la mort, la folie suspend le souffle de l'esprit et tue Dieu dans un vivant.

*

L'image de Dieu n'est pas sage dans les saints, hormis dans François de Sales.

*

Le hasard tranche ; il ne décide pas. Dissoudre n'est pas résoudre.

*

Affirmer, c'est affermir un pouvoir ou une santé qui menaçait de s'ébranler. Mais l'effort gâte la force.

*

J'éprouve sans approuver, comme un poisson verrait l'appât sans gober l'hameçon.

*

Fais semblant d'être ton semblable.

*

Pourquoi les bavards ont-ils besoin de mes yeux pour s'écouter ?

*

La peinture nous prend tout entier du dehors. La musique nous pénètre de proche en proche, mais cette inondation trompeuse est tellement sujette au reflux qu'elle vit du retour fréquent de son charme. La couleur nous saisit, la mélodie nous rappelle.

*

Notre prochain est moins l'homme qui marche à nos côtés que celui qui tombe dans le fossé. L'amitié est tranquille ; la charité est pathétique.

*

Le profane est pour le prêtre un mystère.

*

Les cavaliers rehaussent les barrières du cheval.

*

Les travaux du philosophe indignent l'oisiveté des sots.

*

Il m'est arrivé d'exister.

*

La mort de Jésus nous donne à croire qu'il était né. Il fut sur le point d'être un charpentier inconnu.

*

Un petit nombre de livres intelligibles nous console des autres.

*

Un serpent se plaint-il d'être un cul-de-jatte ?

*

Les grands combats sont de soi contre soi. Le remède est d'écrire pour le théâtre.

*

Tu t'aimais trop pour me connaître.

*

Il m'est plus facile de ne rien désirer que de tout refuser.

*

Jusqu'à l'amour de Dieu est propre à chaque saint.

*

Don Juan ne possède que la femme de demain.

*

L'orgueil prend plaisir à faire des ingrats.

*

Le plus avisé des hommes n'apprend que de son corps à être malade.

*

Hitler était sobre et l'Allemagne était ivre.

*

Le hasard manque de majesté.

*

Le soleil de Charles-Quint s'est couché dans un couvent.

*

Depuis que les chrétiens ne croient plus à l'enfer, ils ne comptent plus sur le paradis.

*

L'ironie se venge de ses larmes en riant d'elle-même. C'est la magnificence des cocus.

*

Le corps couvre l'indécence de l'âme.

*

Gide a fait gloire de sa honte.

*

Le menteur devient la personne de son personnage.

*

Qui ne travaille à sa destruction ?

*

Nous vivons de croire que nous vivons.

*

Avant le Christ, l'esclave était une chose, et parfois de grand prix.

*

Paulhan aimait dans les femmes la liberté dont il les privait.

*

Si les mots n'avaient changé de sens, ils n'auraient pas d'histoire. Leur métamorphose s'appuie de leur durée. Les couleurs du caméléon en marquent la continuité.

*

L'obscurité de Mallarmé en a rendu mémorables les diamants.

*

Les langues étrangères confirment la nôtre et en affaiblissent l'autorité. Le meilleur des traducteurs mord sa nourrice.

*

L'évidence de Dieu nous le cache. On ne le voit plus nous voir.

*

Plus nos familiers nous touchent, moins ils nous pénètrent. L'enfant est toujours l'Œdipe de sa mère.

*

Qu'était Hugo pour la maîtresse de Sainte-Beuve sinon un vendangeur ivre ?

*

On va chez le boucher parce que l'argent n'est pas mangeable.

*

Le soleil de tout le monde c'est la place au soleil de quelqu'un.

*

Je partage vos ennuis pour m'ennuyer moins.

*

Les charretiers embourbés n'ont que Dieu à la bouche. Ils avouent ainsi, en dépit d'eux-mêmes, que le mal nous renvoie au bien et la plaie au médecin.

*

L'homme et la femme naissent inégaux en force, mais l'accouplement les confond et l'engendrement n'enfante pas.

*

Narcisse est trop fasciné par son miroir pour s'y voir.

*

On voudrait parler de soi sans parler d'un autre.

*

Les airs de bravoure font valoir les chanteurs et disloquent la musique. C'est le péché d'Italie.

*

Le serpent n'a pas été chassé du paradis.

*

Les hors-d'œuvre sont le plat du diable.

*

Le bien et le mal ne sont que s'ils continuent d'être. On ne change pas de place en levant le pied.

*

La vertu meurt d'être couronnée. Dieu n'est pas indulgent aux saints du calendrier.

*

Point de gaieté sans quelque malice. On rit d'un rien ; on ne rit pas de rien.

*

La brièveté d'un auteur est considérée par le commun des lecteurs comme un manque de courtoisie. C'est le pépin de la mandarine.

*

Un jugement sain se défend d'abord du dénigrement et de la louange. Le nez d'un chat est gelé.

*

Les groins à truffes étonnent la délicatesse des gourmands.

*

Le mensonge est si faible qu'il a besoin de la vérité pour être vraisemblable.

*

Ce qu'on voit par mégarde n'est pas tout à fait imprévu.

*

De toutes les formes du courage la fermeté du jugement n'est pas la plus répandue.

*

Les aventures de l'esprit ont leurs argonautes. Voyez Descartes.

*

Les sentiments qu'on prête aux animaux sont des fables. Quel Arion n'a rêvé sur le dos d'un dauphin ?

*

Le temps qu'on passe à apprendre en laisse peu pour comprendre.

*

La compagnie d'une femme ne fait pas d'elle une dame de compagnie.

*

Les lieux et les personnes que nous fréquentons n'échappent pas à notre inattention.

*

La dévotion de Saint-Louis fréquentait peu l'eucharistie.

*

Les gens du commun reprochent aux grands hommes d'avoir été peu raisonnables.

*

Si tu vis sans savoir pourquoi, comment saurais-tu vivre ?

*

Il sied que les gros murs aient des portes étroites ; leur force même est dans cette faiblesse-là.

*

Les chiens troublent plus de dormeurs qu'ils n'inquiètent de voleurs. C'est le bon usage des armées.

*

Tant d'auteurs inconnus signent leurs livres que les lettres anonymes nous étonnent.

*

C'est pour partager la paix des poissons que les hommes des temps barbares dormaient sur des pilotis.

*

Voltaire mourut d'avoir trop aimé son mauvais théâtre.

*

Un patriarche se réunit à lui-même chaque matin pour représenter encore un homme.

*

Les palmiers ne savent pas qu'ils sont nos éventails.

*

Le bonheur de savoir ne nous cache pas que l'ignorance est plus heureuse qui, manquant de presque tout, n'a presque besoin de rien.

*

Point de joie chrétienne sans agneau, ni Pâques, hélas ! sans gigot.

*

Les riches se font pauvres de corps pour mourir vieux.

*

La réussite est un jeu de cartes dans les mains de gens qui s'ennuient.

*

Chaque homme n'a connu de bonheur que celui de son voisin.

*

Les Grecs ont parlé du bonheur comme d'une imprudence. Ils ont plaint Crésus et Polycrate.

*

Ce qui nous rend présent comme une personne un personnage de roman, c'est qu'étant né dans la mémoire de son inventeur, il a de l'affinité avec la nôtre.

*

Alain renvoyait la réalité des dieux à l'imagination des hommes.

*

Les caresses du regard s'arment de leurs paupières.

*

Les confessions de Rousseau se donnent le bon Dieu.

*

Il y a souvent dans Voltaire une manière presque folle d'être un peu sage.

*

L'indicible est la grande affaire d'un écrivain comme la peinture de l'invisible est la face intérieure des apparences.

*

Certains coupables ont le malheur de paraître heureux.

*

Séparer Jésus d'avec la vérité c'est justifier la croix.

*

La vengeance répare un outrage qu'elle rend irréparable. Pour apaiser les mânes elle se précipite dans le Tartare. Voilà la cause et la conséquence de toutes les guerres où le passé dévore l'avenir.

*

Des millions de gens mal lotis se ruinent à combler d'opulence un nabab de la loterie.

*

On n'apprend que de soi-même à être un maître.

*

Le prix d'une chose dépend du besoin que j'en ai. Voilà par où les marchands peuvent se tromper quand ils croient nous tromper.

*

Que vas-tu faire de ce qu'on a fait de toi ? dit l'homme à l'enfant.

*

Le peintre aime une femme d'être ce qu'elle est. Le potier aime un enfant tel qu'il veut qu'il soit.

*

La foule et la presse sont des maux qui nous broient.

*

L'excellent berger est plus mouton qu'on ne pense. Sa docilité le rend propre à commander. L'horreur du désordre le range à la loi qu'il impose au troupeau. Il est plus militaire que guerrier.

*

La liberté est plus aimable qu'elle n'est aimée. Ses couleurs sont séduisantes, sa hardiesse nous émeut, ses caprices nous amusent. Cependant, par la solitude, par la secrète audace qu'exige l'invention, par le feu de son désert, l'indépendance du héros l'expose aux crachats et aux coups.

*

Nos cœurs s'éprennent pour comprendre et l'intelligence s'enfonce dans ses clartés. Il y a des prisons de cristal.

*

Il semble que Montaigne ait vécu longtemps de sa courte jeunesse.

*

L'excès de vertu des jansénistes a produit peu de saints.

*

On oublie qu'un souvenir est une montre qui marche.

*

La vérité du mensonge, c'est qu'il ressemble au menteur.

*

Le chant parle mal. Que de vers de mirliton a gravés la musique d'opéra.

*

Le public serait injuste s'il n'était surtout indifférent.

*

En matière de guerre et de politique, la surprise inspire le mépris, et le calcul est honoré. Mais l'étonnement est l'heureuse étincelle du savant, du poète et du philosophe.

*

Le petit nombre est grand. L'excellence est rare.

*

La forêt doit à nos bûcherons de pouvoir être un jardin et un parc, à nos ramoneurs un désert.

*

La pauvreté rend les filles faciles et les garçons peu difficiles.

*

La mort du chrétien accomplit ce qu'elle n'achève pas.

*

Comme Titus, les parvenus trouvent que l'argent de leur père sent mauvais.

*

La canaille des bourgeois est impardonnable. Ils avaient reçu de quoi être intègres.

*

Dans Racine, les petits orphelins que furent Astyanax et Joad, conservèrent au riche courtisan, enfin mari et père, l'âme de Port-Royal.

*

Quel dommage que l'art déprave les artistes et que les fleurs du mal sentent bon.

*

Jamais, avant nous, le ciel ne fut interrogé d'aussi près par les hommes. Voilà qu'ils ont déjà presque violé la lune et Mars. Or, plus nous nous enfonçons dans l'espace, moins la clef du temps nous est cachée.

*

Il semble que le ciel nous réponde davantage à mesure que nous devenons moins religieux.

*

Le nez de Cléopâtre n'a pas changé la face d'Octave.

*

L'enfance est étrangère à l'enfant. Il est en travail d'homme.

*

Beaucoup d'hommes sont devenus des choses longtemps avant de n'être plus rien.

*

Qui n'a rien à perdre est déjà perdu.

*

Une femme est longtemps le fruit de son enfant.

*

On peut écrire divinement à la diable. Mais le diable n'écrit pas bien.

*

Si tu n'es plus riche que tu ne crois l'être, tu seras un pauvre homme.

*

Si la machine de l'esprit ne fait plus rire son ingénieur, c'est que l'inventeur est dévoré par son invention. Mais quoi ? L'entendement n'est surpris que de ce qu'il attend.

*

J'avais écrit *Boa-Boa* avec la plume de celui des deux pigeons qui ne voyage pas.

*

Nous avons beau vieillir nous ne sommes pas nés depuis longtemps, et les histoires ne sont pas la nôtre.

*

Je n'oserais pas dire à mon ami ce qu'il dit de moi.

*

L'obéissance est douce aux femmes qui n'ont pas d'hommes.

*

Heureux ceux qui s'étonnent de ne penser à rien.

*

La clef d'une vie n'est pas sur sa porte.

*

Quelle question ne devrait redouter sa réponse ?

*

La gravité se fait légère pour être aimée.

*

J'ai fait un songe sans savoir qu'il était ma vie.

*

Les poisons sont des douceurs où nous trouvons des remèdes, que nous ne cherchions pas, mais que nous en tirons quelquefois.

*

L'espérance est le sublime effort de la raison ou la naïveté divine de l'amour.

*

La corde du pendu fut un fil de soie.

*

Mon bonheur trouve du papier sous sa plume.

*

Dieu s'est dissipé pour être le tout de chaque être.

*

Le sage épouse dans sa femme un ami.

*

Il était d'une étoffe dont s'habille Arlequin sous le nom de Molière.

*

Les enfants n'ont pas attendu d'être des hommes pour aimer les femmes.

*

Les contraires sont vrais d'être deux amphitryons.

*

La pudeur des femmes est plus audacieuse que leurs couturières.

*

Je n'ai jamais vu de fou courir après sa tête.

*

Le suicide abuse de la mort pour la précéder.

*

Le profil d'un borgne nous regarde en face.

*

Tel n'est pas tombé d'assez haut pour descendre.

*

Si le riche était sûr de sa probité, il redouterait moins les pauvres.

*

Les pauvres et les sourds ne parlent si bas que parce qu'ils crieraient trop fort.

*

La mathématique n'a pas causé moins d'apoplexies que l'amour.

*

Les satellites ne sont visibles que dans la partie la plus basse de leur cercle.

*

La géométrie est si utile à la physique qu'elle en a fondé la solidité.

*

La générosité d'instruire consent au chagrin de redescendre en vue d'élever ceux qu'elle aime.

*

Mon imagination ne se réduit pas à des images. D'autres croient ce qu'ils voient. Ce que je crois, je le vois.

*

Le plus grand plaisir des sens suffit au charme des oreilles. L'invention de la musique est épineuse.

*

La conversation des femmes les plus familières est embellie d'ombres heureuses.

*

Je te laisse libre d'en user mal avec moi. Je ne demande jamais deux fois ce qui m'est dû.

*

Un messie n'est pas un médecin. C'est par sa propre santé qu'il guérit la pauvreté des riches.

*

Balzac était de ces gens qui prennent du café pour s'empêcher de dormir, puis qui prennent de l'opium pour recouvrer le sommeil.

*

Le sourire d'une femme est un baiser des yeux.

*

On ne touche pas sans en frémir aussi la feuille de la sensitive.

*

J'apprenais le latin dans le jardin des plantes.

*

Elle oubliait souvent qu'elle s'était habillée.

*

Un payement qui se déguise en présent n'est pas désintéressé.

*

La vérité baisse le ton pour passer la porte.

*

C'est un glacier pour un vieillard que l'usure du milieu des manches sur un pont. Lorsqu'un faux pas rend mortelle une glissade, la peur du mal étrécit la meilleure des têtes.

*

Les temps sont venus où les hommes se multiplieront sans s'accoupler. Ils auront une race innombrable d'orphelins de l'amour.

*

Les joueurs s'amusent en commun pour égayer leurs pertes.

*

J'ai passé de belles nuits, couché dans un jardin, à contempler le ciel. Les étoiles sont des points qui engendrent des lignes et le pur univers, sans longueur, sans largeur et sans profondeur d'un navigateur sans bateau.

*

Les saints ont une disposition héroïque à avaler des couleuvres.

*

Ce qui nous rend célèbres nous empêche d'être illustres.

*

Les plus rares trésors de l'esprit relèvent aussi du commerce des esprits. L'histoire appelle cela des âges d'or.

*

Ignore ce qu'il vaut mieux ignorer que punir. On a vu pourtant le courage d'un magistrat sans armes apaiser des émeutes.

*

Il n'appartient qu'à Montaigne de citer beaucoup sans couper le souffle à son style. Il est vrai que tous ses poètes sont latins et qu'à notre pléiade il fut presque étranger.

*

Nos ennemis nous sont bons s'ils allument nos colères, s'ils aiguisent notre langue et secouent nos sommeils.

*

J'ai refroidi mes songes afin d'en gouverner l'éclat.

*

La fidélité du cœur n'est pas comparable à l'ingénieuse patience que l'esprit applique à ses recherches.

*

Le regard de certaines femmes roule de l'or pour nous miner.

*

La musique des syllabes n'est pas celle des notes.

*

Quand le mensonge n'est pas la politesse de ceux qui savent, il est la complaisance de ceux qui veulent ignorer.

*

Les héros abusent de leur innocence pour mourir jeunes.

*

La prose de Montesquieu chante sans feuilles ; elle a l'éclat dépouillé d'un beau jour d'hiver.

*

Personne n'est libre de la liberté d'autrui.

*

L'unanimité est à la concorde ce qu'est au sommeil la léthargie.

*

Gautama voyait dans tous les vivants des vies manquées et le purgatoire quasi incurable des existences recommencées.

*

J'aperçois dans chaque grand homme le méfait qui l'a illustré.

*

L'estime est le visage ingrat d'une amitié.

*

Un paradis veut un jardinier ; le désert est beau de rester en friche.

*

Le mieux-être d'un malade a plus de prix que le bien-être dont brille obscurément la santé.

*

Si l'éruption des volcans n'en était pas la fièvre, on n'eût pas étudié l'écorce de la terre.

*

Le faux, qui n'est rien, n'est pas le contraire de ce qui est vrai. Les dégoûtés n'ont plus de goût. Les estomacs noyés n'ont plus d'appétit.

*

Ni la cruauté, ni la lubricité ne sont susceptibles de raffinement. Les vices crèvent sur la peau.

*

L'oreille est un labyrinthe et digère le son dans sa conque. Aussi la musique a-t-elle les yeux clos.

*

Les poètes ont toujours béni les baisers qui ferment les bouches.

*

Ô plaisir de la mélancolie. Qui ne préfère au matin du pinson l'heure sombre du rossignol ?

*

La nudité n'embellit que la beauté et les vêtements ne consolent pas la laideur.

*

La rougeur est l'ornement de la pudeur.

*

Le voile a été tissé pour nous montrer ce qu'il nous dérobe.

*

On souhaite que l'étude bien entendue protège l'éclat fragile et vif des chefs-d'œuvre comme le plâtre a parfois préservé du ravage des barbares les fresques des vieux peintres.

*

Les bons yeux voient beau.

*

La nature se veut prodigue, afin de subsister. À moins que l'art n'accorde aux inventions de l'esprit le relief et la force, elles se perdent dans la foule.

*

J'admire dans l'immensité d'un chêne l'infimité d'un gland.

*

L'intelligence est le fruit d'automne du sens intime et de l'imagination.

*

Tout ambitieux n'a qu'un dessein à quoi il rapporte les personnes et les choses en s'immolant lui-même. Il est voué et victime, impitoyable et misérable.

*

Les inconstants tâtent et se tâtent ; ils ont une manière de chercher qui ne trouve rien.

*

Souviens-toi qu'une idée n'est pas une chose et qu'un homme n'est pas l'homme.

*

Le bonheur de Don Juan, c'est d'aimer chaque fois pour la première fois. Ainsi le théâtre de Marivaux est une succession de baptêmes et un roman de Stendhal une initiation.

*

La vocation qui ne nous appelle plus était un faux bruit.

*

Ma tâche est la corvée de mon voisin.

*

Les soldats de Napoléon ont moins civilisé l'Europe que les huguenots de Louis XIV ne l'avaient fait.

*

Le zèle est la passion d'en haut ou la pointillerie d'en bas. C'est la sainteté de Paul ou la virgule du notaire.

*

Le visage rechigné de l'endurcissement n'est que la grimace de la fermeté.

*

La poésie est le bel usage de la folie.

*

La chasse à l'homme obéit aux lois de la guerre.

*

L'art poétique a permis aux sanglots et aux cris de pleurer comme des orgues.

*

Je serais malheureux d'ignorer mon bonheur.

*

Chez les Rostand, le clinquant d'Edmond a caché le trésor de Jean.

*

La fidélité n'est une qu'en deux personnes.

*

La plupart des hommes parlent des femmes comme s'ils n'avaient jamais aimé.

*

La justice des robins coûte cher et ne vaut rien.

*

L'ennui du public ne siffle plus ; il tousse.

*

Molière ne s'est moqué de lui-même qu'en nous faisant rire.

*

La paupière rafraîchit le regard.

*

Un livre de chevet et un examen de conscience devraient chasser le sommeil.

*

Molière ne pouvait écrire pour le public du *Misanthrope* qu'en se cachant dans le sac de Scapin. Le farceur permettait à l'acteur de sauver sa troupe et au cirque de ne pas fermer le théâtre.

*

Notre âge nous étonne dans la vieillesse de notre ami.

*

La vie des moines ne fait pas d'un couvent une Jérusalem céleste. Quand il n'a pas le génie de Dédale, le sublime a les ailes d'Icare.

*

Il faut être un Delacroix pour oser passer le pouce dans la palette de Rubens.

*

Si la beauté des vers de Mallarmé avait désespéré Valéry, il n'eût pas écrit *La jeune Parque*. La vénération n'a pas d'avenir. L'invention part de l'insolence.

*

La sagesse de l'arrière-boutique en refuse le commerce.

*

Il ne manque aux joyaux méconnus que la pierre de touche d'un orfèvre célèbre.

*

Le christianisme suppose un ciel amoureux de la terre.

*

La conscience des justes n'est pas bonne ; elle a toujours de quoi noircir la piscine de Jérusalem.

*

On vide les entrailles des corps qu'on embaume et l'on reproche aux âmes d'être sans entrailles. Le par-delà et l'ici-bas se disputent l'homme.

*

Le corps est beau d'être jeune et le visage en est la partie la plus ridée d'être la plus nue. Les coquettes vieillissent moins par où elles sont le plus vêtues.

*

Nous louons les personnes sincères pourvu qu'elles ne disent pas ce qu'elles pensent et qu'elles ne fassent pas ce qu'elles veulent.

*

Tel a l'œil vif, le choix prompt, l'inspiration pénétrante, qui pourtant mûrit des secrets et consulte l'état du ciel.

*

Depuis que nos avions nous ont accoutumés à nous asseoir entre deux ailes, le temps a dévoré l'espace.

*

Le bas du cœur, en Jésus comme en nous, pointe vers la gauche, mais le Christ est assis à la droite de Dieu.

*

La sincérité d'un esprit faux ne sonne pas vrai.

*

Les affaires, en nous cachant la mort, nous tirent d'affaire. Travaillons à ne pas penser.

*

Les cirons se cachent dans la farine et les fourmis blanches ruinent sourdement nos murailles. Les volcans nous étonnent trop et les poux de bois trop peu.

*

En tout le volume éclipse le poids.

*

Les mauvais poètes fascinent les déclamateurs.

*

Le coureur à pied chausse des semelles de plomb et la liberté brille de ses entraves.

*

Les jeux que l'on dit innocents ne le sont pas. L'esprit se ruine en menus plaisirs.

*

Dieu se crucifie dans Jésus parce qu'il s'est puni dans Adam.

*

L'amour est inséparable d'une liberté mutuelle puisqu'il faut être deux pour souhaiter d'être un.

*

On meurt toujours trop jeune dans un corps déjà vieux.

*

Les Anglais eurent beau jeter dans la Seine les cendres de Jeanne d'Arc, la flamme du bûcher les avait brûlés.

*

Je suis le patient de mes impatiences.

*

Nous parlons d'un monde nouveau comme si nous parlions du nouveau monde.

*

Les animaux sont assez raisonnables pour qu'Ésope ait écrit des fables. Mais la vache folle est malade de l'homme.

*

Le printemps n'est qu'un renouveau. Nous n'avons jamais vu de commencement. C'est que l'homme n'a jamais vu Dieu.

*

Une religion qui fût la première serait une hérésie.

*

Dante ne descend en lui-même que dans l'enfer des autres.

*

La beauté d'une femme est la merveille de son amour.

*

C'est parce qu'il y a de l'esprit dans la lettre que la parole est une parabole. Je mets à côté de ce que j'ai dit quelque chose qui me le fait dire. Articuler, c'est faire comprendre ce qu'on fait entendre. L'ombre nous est donnée avec la lumière, le sphinx avec son Œdipe. L'énigme est dans le mot ; elle est le mot. La verve est dans le verbe ; elle est poétesse. C'est la pensée qui parle et la parole qui pense. Leur divorce les tue.

*

La liberté de l'esprit est la clef secrète d'un univers mathématique où l'erreur et la faute seraient des péchés si elles n'étaient des grâces. L'invisible harmonie vaut mieux que la visible, disait Héraclite.

*

Une belle pensée n'a que faire de paraître belle pour l'être.

*

Le temps m'a laissé le loisir de m'attendre.

*

Le seul usage de la vie ne nous apprend pas la réflexion. Il faut s'être arrêté souvent pour avancer dans la méditation.

*

Ceux qui nous entendent nous attendaient. Ceux qui nous connaissent nous ont reconnus.

*

Platon avait appris d'Homère à écouter Socrate. La philosophie chante en prose.

*

L'esprit de corps chante en chœur.

*

Quoi de plus froid qu'un réchauffé.

*

Œil pour dent, c'est la vengeance des Corses.

*

Marat proposait aux Français la liberté ou la mort.

*

J'appris de moi-même à savourer ce qu'on me donnait à goûter.

*

Les prestiges de Napoléon, de qui les mains étaient si petites et si belles, les mots si prompts, les pensées tellement agiles, ont remué, surpris, déconcerté le monde. Cette prestesse, un peu italienne, mais, en lui, point bouffonne ni suavement pateline, à la mazarine, a rencontré l'impatience et l'impétuosité françaises dans un tourbillon triomphant. Ce tumulte profond étonne encore une histoire à demi fabuleuse que n'ont pas éblouie, depuis deux cents ans, les fureurs héroïques d'un effondrement sans exemple et d'une horreur monstrueuse.

*

Quand la lumière vient d'en bas, c'est qu'elle sort d'un volcan.

*

La sagesse est si méprisée que nous ne demandons plus qu'aux enfants d'être sages.

*

Les nations n'ont plus foi dans les victoires ; elles ne se souviennent que des armistices.

*

Aux uns l'épouvante donne des ailes ; aux autres elle coupe les jambes.

*

Le beau nous touche de plus près que la beauté et le vrai que la vérité. L'adjectif met à pied le cavalier de l'idée.

*

C'est en vain que je suis seul. La paix n'est pas avec moi. Ô vivant ! Où est ta victoire ?

*

Le tableau qui peint son peintre devient la chose d'un autre. Rembrandt ne cesse d'échapper à Rembrandt.

*

Le sublime aussi est un égarement. Le meilleur de moi sort d'un autre.

*

Nos ailes d'autruche nous empêchent de voler.

*

Éclaircir, c'est rendre moins obscure aux oreilles une lumière qui frappait les yeux.

*

Comme l'odeur des mets ouvre l'appétit, le parfum d'une rose en nourrit la beauté. La vue d'une tulipe frustre l'admiration.

*

Un mari trompé s'est trompé de femme.

*

Voltaire et Saint-Simon, dans le même moment, n'écrivaient pas la même langue. Mallarmé et Valéry furent des amis très proches et des auteurs très éloignés.

*

Comme le dormir et le manger, la chair n'est en beaucoup de gens qu'une besogne et un besoin. Les bêtes n'ont pas de passions et il y a plus de buveurs que d'ivrognes.

*

Il dépend des âmes d'arranger leurs corps, de les déranger ou de s'en arranger.

*

Il est plus facile d'expliquer la lumière à des aveugles que de déciller les yeux des obérés.

*

L'égalité des lots est injuste envers l'inégalité des joueurs.

*

La lumière de l'esprit est moins bien partagée que l'autre.

*

Les mots s'entr'aiment dans un beau vers.

*

Un homme médiocre, à sa juste place, est presque bon.

*

La coquetterie marque l'ambition d'une femme ordinaire.

*

L'automne des coteaux a la lumière du vin.

*

La particularité d'un plaisir est l'ennemi de la joie.

*

La contagion de deux guerres a pourri le XXe siècle.

*

Les membres de Chénier eurent un destin orphique.

*

Un titre ambitieux dessert un ouvrage. Il ne manque aux émaux de Théophile Gautier que l'éclat.

*

Les vêtements flottants embellissent les pas de Vénus et ses cheveux ondoient sa nudité. Une sorte de sagesse un peu hardie décore sa grâce.

*

Quel moyen de combattre l'erreur sans blesser la vérité ?

*

Les personnes qui résistent à la sécheresse sont épineuses.

*

Fénelon changea presque en vertus de séminaire les vices de son dauphin.

*

La soudaineté de nos jugements étonne les béquilles de nos réflexions.

*

J'aime dans Voltaire un auteur que je ne puis haïr.

*

Nos mains, parmi nos chutes, s'offrent en sacrifice, tant la tête est précieuse et qu'en dépit du crâne le défaut de l'armure la désigne aux coups.

*

Les blessures du mépris sont les plus mortelles et les mieux cachées.

*

Ne comptons pas sur nos qualités, ce sont nos défauts qui nous rendent aimables, ou du moins supportables et, sinon frères, un peu confrères.

*

On doit estimer un ennemi à proportion qu'il est redoutable. Le dégoût se contente de vomir. Mais, d'un sexe à l'autre, la haine a les fureurs de l'amour.

*

L'amour s'éteint moins d'avoir duré longtemps que d'avoir été mal allumé.

*

Le sage et le fou se disputent un jeune homme ; jusque dans un vieillard, le débat n'est pas vidé.

*

Le suicide d'Hitler ne purifie pas Hitler, et Staline meurt dans son lit. Les enfers de l'histoire n'ont pas de purgatoires.

*

On voudrait que la race des hommes, comme celle des plantes et des ours dormît ses sommeils d'hiver.

*

Comment douter de la Providence ? Si nous n'allions à nos vérités que par nos erreurs, notre espèce n'eût pas fait long feu.

*

Notre siècle a ravagé, par une émulation barbare ou par une incroyable badauderie les sites les plus enchanteurs dont la France avait le fragile privilège comme la puanteur innombrable de notre haleine pourrit les tableaux des musées.

*

C'est l'apanage de la santé, lorsqu'elle est parfaite, que de pouvoir réunir dans la pointe d'un esprit toutes les ressources de son corps.

*

Dans Ève est le paradis d'Adam, parce que son écho l'ennuyait et que leur harmonie l'enchanta.

*

Il suffit de regarder une médaille pour s'aviser qu'il faut la tourner. L'envers d'une monnaie en certifie le poids et le titre. Le paradoxe est l'autre profil de la même opinion.

*

L'horloge de nos vies cherche aux douleurs un contrepoids.

*

Tu ne me ressemblerais pas si la comparaison ne faisait de toi qu'un autre moi-même. C'est un illustre mensonge que le beau parallèle où trop parfaitement se confondent Montaigne et La Boétie. C'est parce que Romulus et Remus sont jumeaux qu'ils sont de mauvais frères.

*

Les autels étaient des tables haut dressées où brûlait la graisse des victimes. Au bas des dieux s'invitaient les prêtres et les princes. Ils se dédiaient dévotement leurs offrandes.

*

Plus on est grand, moins aisément on se tient droit.

*

Je veux croire que Platon dut aussi son grand nom à sa large poitrine.

*

On n'a jamais dit que la beauté d'une femme ne laissait rien à désirer.

*

L'amour a besoin d'estime pour vieillir bien.

*

Il y a dans le romanesque une hâte amoureuse et dans le romantisme un sombre éclat de rêverie.

*

Un patient est un malade et mon impatience part de ma santé.

*

La parfaite rondeur d'un œuf empêcherait une poule de pondre.

*

Ne nous réclamons pas de nos ancêtres. La nature du génie, s'ils en eurent, est trop sublime pour n'être pas fugitive.

*

Les aveugles savent qu'ils ne voient pas, et ils en souffrent moins que les sourds qui se flattent d'entendre et sont mal entendus.

*

Il y aurait un remède à la vanité si elle était vide, mais elle est pleine de vent, et elle chante bien.

*

Nous devons la clarté des miroirs à leur tain. Voilà justement l'opacité lumineuse de la réflexion.

*

Il n'est permis qu'aux saints et aux sages de nourrir à leur table un commensal perpétuel : c'est l'attention.

*

Au pays des sorbonnagres, il y a beaucoup de coqs sur les œufs.

*

Que de peintres ont représenté le Dieu que personne n'a vu.

*

Il est beau que Jean Valjean devienne Monsieur Madeleine. Il est vrai que Victor Hugo prend ses images pour des idées.

*

L'auteur d'un roman vit d'avoir été ce qu'il ne fut pas. Madeleine de La Fayette a été la princesse de Clèves en esprit et sans vérité.

*

Le personnage que je façonne d'après mes souvenirs s'adresse au lecteur que je ne verrai pas. J'ai vécu ce matin d'une lettre que m'envoie Madame de Sévigné.

*

Garde tes sourcils pour nos soucis, ta bouche pour nos baisers et tes genoux pour le pardon.

*

Il y a dans l'homme même un maître et un esclave, un libéral et un avare, un docteur en médecine et un chirurgien, un architecte et un maçon, un bourgeois et un ouvrier. Puis les dons et le sort décident de la moitié qui donne le ton.

*

Le succès nous épargne d'être estimables.

*

Les impatients prennent un arbre pour un champignon.

*

Tant pis pour Beaumarchais. Il est dangereux de soumettre au calcul le caprice des événements. Un bon danseur à qui la tête ne tourne pas convient davantage au tourbillon de la politique. Le Talleyrand de Vienne était un valseur.

*

Les assemblées sont comme les Sabines. Il faut les ravir.

*

La santé du chirurgien nous guérit des maux dont il est exempt.

*

La patience de son mari nous était douce.

*

Son sourire nous payait de nos fleurs.

*

La musique sacrée remplit les églises.

*

Les bonnes âmes disent ce qu'elles pensent. Les bons esprits pensent à ce qu'ils disent.

*

Remercions la rose d'avoir les épines que méritait son parfum.

*

Quelle beauté n'a besoin de sa dame d'atours et quel génie de son talent ? Poussin ne négligeait rien.

*

Les indulgents ne voient du couteau que le manche.

*

D'un livre le titre est bon s'il entrebâille la porte sans en donner la clef.

*

Les parvenus ne se lassent pas d'être arrivés.

*

Le rouge de la pudeur est imprudent.

*

La lie du tonneau rougit déjà le fond de la coupe.

*

La gaieté de l'ivresse a la fumée si courte que l'ombre longue de la mélancolie étonne le plaisir des poètes.

*

Si ton goût n'est fait que de tes dégoûts, ô Valéry ! je plains ton appétit.

*

Juge du vent d'après les révérences du roseau.

*

Le repos me travaille et l'action me dissipe. Ma joie n'aime pas mes plaisirs.

*

Élèves, plaignez vos maîtres ; brebis, prenez en pitié vos bergers ; ils ne réussissent à vous persuader qu'en épousant vos arguments, ils ne vous guident qu'en vous suivant, ils ne grandissent qu'en s'abaissant.

*

On ne détruit pas le diable en confessant le dévot.

*

Chacun est l'horloger de sa santé. Ton pouls bat la mesure de ta vie.

*

C'est pour le plaisir de penser que je me réunis. Comme d'autres se dérobent à leur attention, je m'y convie. Je me fais fleurir.

*

Comme le son du tambour nous fait marcher, l'orgue prie à notre place.

*

On se mord souvent les lèvres des bons mots qui viennent d'y naître, tant la malice agit par inspiration.

*

Le bœuf en nous doit son labour à l'aiguillon de la réussite.

*

Souvent dans les portraits, La Bruyère force la couleur et montre les bornes de son talent. Le lecteur voit trop jusqu'où l'autre ne peut aller.

*

L'idée de Dieu s'est-elle faite homme ?

*

Le sourire a les lèvres chastes. Le rire a l'éclat dévorant des crocs.

*

Rodin aime la perle dans sa coquille. Sa surprise viole la discrétion.

*

On se souvient des lieux où l'on s'est égaré et des contresens qu'on avait faits en traduisant. L'amertume d'un breuvage en conserve le goût.

*

C'est dans le nid que se font les ailes.

*

Mieux que le bronze, souvent réduit en fonte dans les forges de Mars, l'argile de Tanagra protège encore sur nos tablettes la fragilité menue de ses danseuses.

*

EGO HUGO. La personne de Hugo a dévoré ses personnages. Toute son ombre est dans sa bouche. Il est le dieu qui se parle, il est son bruit. Le Burgrave était né grand-père.

*

Quand l'ancien se croit vieux, il dit sa décadence.

*

L'âge des amours n'est pas l'âge de l'amour.

*

Napoléon s'est cherché un fils dans plusieurs femmes ; la seule qu'il ait aimée était stérile.

*

Il est des fleurs dont le parfum ne répond pas à la couleur. L'éclat de Victor Hugo n'a pas de saveur.

*

La naissance des empires et des hommes est brutale. Le temps rend légitimes les enfants naturels.

*

Les sages se méfient de la lumière. Il n'y a de repos que dans l'ombre.

*

Je ne me sens pas assez vieux pour le savoir.

*

Redoute la paix des gens qui se purifient trop tôt de leur chair.

*

Moins le corps devient droit, plus il faut lever la tête.

*

Avant qu'il y eut des livres si commodément ouverts et des écrans si peu discrets, les vieillards, autant qu'ils savaient ce qu'ils avaient vu, étaient la mémoire du monde.

*

Les enfants sont moins jeunes qu'on ne le croit, et l'art naïf est une piperie.

*

La cruauté des enfants leur vient de parler par cœur. Ils récitent la vie sans la comprendre. Ils n'ont pas digéré leur histoire.

*

Les vieillards qui se souviennent de trop loin oublient d'être présents à ce qu'ils font. Ils sont ce qu'ils furent.

*

J'ai connu l'heureux malheur d'être peu connu.

*

L'ordre encore palpitant qui suit la turbulence met en lumière l'excellence des grandes époques de l'esprit. Mazarin fut l'amant de la reine et le vrai père de Louis XIV.

*

Vergennes, puis Danton, lâchèrent sur l'Amérique et sur l'Europe les écluses de la France.

*

Quel adieu ne s'est noyé dans nos larmes ? Vient la nuit où l'orage éteint la lampe de la prêtresse et l'amant qui nageait s'enfonce dans l'Hellespont.

*

Le savoir est beaucoup plus profond que n'est vaste la science

*

Je n'ai pas l'esprit de mon âge parce que j'ai toujours eu l'esprit de ma santé.

*

Le héros que tout le monde mépriserait deviendrait méprisable à la longue. Il dépend du sentiment qu'il a de l'opinion qu'on a de lui.

*

L'ardeur dont ont brûlé les têtes véhémentes s'appuyait d'une espèce de froideur. C'est ainsi que Diderot parle admirablement du paradoxe des grands acteurs qui sont des possédés qui se possèdent.

*

Marie-Antoinette se retirait au Trianon pour y sentir à l'aise un fumier bucolique.

*

Les mots de *La Marseillaise* n'ont plus l'accent de Valmy et leur férocité les tourne en ridicule. En revanche la musique de l'hymne conserve un élan héroïque dont manquent peut-être ses rivaux.

*

Il y a dans la mélancolie un plaisir de veuve.

*

Le plus grand des philosophes latins fut un juif hollandais au nom épineux. Lucrèce et Sénèque se fussent ébahis de cette rose tardive.

*

Le chef est bref et parle sec. Une dépêche de César a traversé les siècles : il vint, vit, vainquit.

*

On ne commande qu'en obéissant. Voilà le rabat-joie des ambitieux, le baume des esclaves, et le dieu lavant les pieds de ses disciples.

*

Les délicats sont plus souvent malheureux, mais plus profondément heureux que les goujats.

*

Les États souhaitent qu'un bon citoyen soit étranger à lui-même.

*

Je ne dois qu'à mes loisirs de m'être occupé de moi.

*

La première pensée qui me vient m'aide à y revenir.

*

Je fais quelquefois de mon mieux pour paraître pire.

*

Lire, c'est voyager sans bouger. Mes voisins courent à toutes jambes pour se fuir.

*

La pluralité des voix se passe aisément de la mienne.

*

Les progrès de la médecine nous rendent habiles à être moins sages.

*

Le bon avocat d'une cause mauvaise est un sophiste mais la meilleure des causes a besoin d'un défenseur.

*

La tendresse a les bras des femmes et la robe ouverte.

*

La poésie chante à l'âme ce qu'elle refuse à l'éloquence.

*

La voix d'un orateur m'ôte à ce qu'elle dit. Le mouvement d'une mer sans voile et sans boussole a des paresses de berceau.

*

La rouille est la ruine du quiétisme.

*

Le métier d'acteur m'eût dégoûté de son jeu.

*

La grandeur est inséparable d'une servitude. Le génie est le vassal du seigneur qu'il porte en lui-même.

*

Si je te prends pour arbitre, je rends ta sentence arbitraire. Les armes de la loi n'en sont pas moins des armes.

*

Je n'étais pas assez amoureux de la république pour envier le plaisir de ceux qui la gouvernent.

*

Je ne me reconnais plus quand on me représente.

*

La terre est peuplée de locataires qui s'en croient les propriétaires.

*

Les voisins d'un homme de l'esprit en sont rarement les contemporains.

*

Je n'attends pas de la postérité ce que mes ancêtres attendaient de moi.

*

Le bon citoyen, tel que l'a peint Alain, ne fait des élus qu'il se donne que les quintaines de sa défiance.

*

Les contrepoids ne pèsent pas lourd.

*

Les lois sont des écriteaux sur des chemins et personne ne s'engagerait s'il en avait lu la teneur.

*

Les mères de maintenant se consolent d'avoir eu des pères en se passant d'avoir des maris.

*

Si les paradis donnaient le bonheur, on n'y mangerait pas des fruits défendus.

*

Quel plaisir ne court après un autre ? Nous aimons le saucisson de faire aimer la bouteille.

*

Suffit-il de fuir une femme pour qu'elle vous cherche ? Il ne suffit pas même de l'agacer pour qu'elle vous échappe.

*

Un grain de mil sépare la vie du suicide. Tel allait se noyer que le froid de la rivière retient sur la rive.

*

Il est des curieux qui se tuent pour savoir si Dieu existe.

*

Les pourquoi et les comment aiment à se saluer sans se tendre la main.

*

La générosité des prodigues meurt sur la paille où sont nés les pauvres.

*

On doute si l'appendice vermiculaire n'est utile qu'aux chirurgiens.

*

La dignité de l'homme était si chère à Baudelaire qu'il rossait les mendiants.

*

Personne ne sort de la vie à son heure. Le plus doux des suicides est un assassinat.

*

L'esprit ne dispose pas de ce qu'il propose.

*

Le merveilleux infatigable de l'Orient eût fait de l'Évangile un conte de fées.

*

Les faits ne sont que les brebis de leur berger.

*

Mon Dieu n'est pas ton Dieu parce qu'il est le nôtre.

*

L'athée est un homme de qui le non-être a eu lieu.

*

Il se lassa trop tôt de laisser venir la gloire.

*

La fortune a besoin d'un adjectif pour avoir un sens.

*

Les bossus ont nos yeux dans le dos.

*

La force d'âme est la sœur douloureuse de l'orgueil.

*

L'élite des morts a été le rebut des vivants.

*

Quand la vérité sort de l'erreur elle rougit d'ingratitude.

*

Ton histoire est mon roman.

*

Le corps dont je suis l'occupant est la machine de mon médecin ; son indifférence l'instruit à me guérir.

*

Les animaux pissent leur territoire. C'est la politique du nez.

*

La bonne peinture est la réalité de son apparence.

*

Les chats savent que leurs ordures sèment leur mort.

*

L'histoire raconte, la légende donne à lire.

*

Les élections prouvent qu'on ne choisit pas ce qu'on veut.

*

Les livres de Montaigne s'enfantaient dans leurs marges ; il écrivait de s'être relu, comme la poche de la sarigue est un second ventre.

*

Les inventions de l'esprit ne trouvent pas en elles-mêmes leurs fins. Ce fut ainsi que Napoléon gagnait de bataille en bataille une guerre perdue. Il s'éloignait à grands pas d'une victoire qu'il touchait du doigt.

*

Les jaloux se croient amoureux ; au vrai ils se disputent une proie dont un rival a faim. Othello a des dents pour dévorer Desdémone ; il n'a pas de lèvres pour l'aimer ni d'âme pour l'adorer.

*

Les raisins de l'Angleterre mûrissent à Bordeaux.

*

Dieu nous prête la vie pour l'enrichir.

*

Le nombre des nourrices ne tient pas lieu d'une mère et Maurois savait trop bien l'anglais pour écrire la langue d'Alain.

*

En matière de connaissance, le levier des uns est le fardeau des autres.

*

Les débauchés ruinent leurs délices en voulant tout ce qu'ils peuvent.

*

Le distique est un peu trop long pour être court.

*

La cruauté du tigre a faim. Le bourreau n'a pas même l'excuse de manger sa victime.

*

Le doute est borgne ; il nous laisse un œil à fermer.

*

Einstein, s'il eut cru que l'univers était incompréhensible, ne fût pas devenu Einstein. La générosité est le fond de l'invention.

*

La personne que j'ai persuadée décourage mon éloquence. Le véritable auteur aime le lecteur qui ne l'aime pas.

*

On s'appuie de raisons pour déraisonner. L'avocat du fou se flatte de ne pas l'être.

*

Les citateurs sont d'honnêtes voleurs. Ils s'enrichissent sans dérober.

*

J'écris comme on plante un bouquet sur la maison qui se finit.

*

Deux mille ans n'ajoutent qu'un jour à l'étoile de Bethléem.

*

Si les tortues vivent longtemps, c'est qu'elles ne quittent pas leur écaille, et qu'elles marchent à pas très lents.

*

La vie se sert lâchement de la mort pour excuser son absurdité.

*

Chaque moitié de la vérité empêche l'autre de dormir.

*

Il n'est donné qu'aux riches de faire vœu de pauvreté.

*

Un public d'hommes d'esprit n'en a pas.

*

La concorde règne parmi les loups.

*

L'accord des épidermes passe par les cœurs.

*

On oublie d'avoir appris ce que l'on sait bien.

*

Les boutefeux se décèlent en sonnant le tocsin.

*

La pudeur se contente volontiers de ne fermer que les yeux.

*

Comment remplir le cœur d'un autre sans l'embarrasser ?

*

Beaucoup d'amitiés sont des amours discrètes, mais non secrètes.

*

Fontenelle avait infiniment plus d'esprit que ses deux oncles. Il n'était, hélas ! pas même aussi peu poète que Thomas Corneille.

*

Jusque dans ses erreurs, la vérité peut rester belle.

*

L'imperfection du mal encourage le bien.

*

Les âmes qui n'aiment plus ont l'amour en horreur. Les extrêmes se fuient.

*

La vérité parfois est si difficile à dire qu'il est impossible de la taire.

*

Le XIXe siècle, dans ses hérauts, ne distinguait presque plus la petite vérole de l'autre. Les poissons pourrissent par la tête.

*

Nous devrions avoir appris de Fontenelle qu'un souverain partage des lumières n'est point du tout vulgaire.

*

Le carton du carnaval n'a jamais gâté beau visage.

*

Les moi s'entrechoquent sans se pénétrer.

*

La brique est la pierre de notre argile.

*

L'analogie nous rassemble et la ressemblance nous trompe.

*

Lorsque nous nous entendons, n'est-ce pas souvent un malentendu qui nous met d'accord ?

*

La France est une nation dont Paris est la tête. Francfort et Munich rivalisent avec Berlin. Milan et Naples s'égalent à Rome. New York est plus américaine que Washington.

*

Les concurrents d'un examen se disputent l'équité. Le premier d'un concours efface tous les autres.

*

La beauté nous distingue plus difficilement que la laideur.

*

Certains plats gagnent à être réchauffés.

*

Ceux qui marchent en éclaireurs ne vont pas loin.

*

L'imprimerie n'a pas fait de chaque lecteur un pape.

*

La paresse alourdit le fardeau de ceux qui refusent de le porter.

*

Les amants naïfs se voient trop vite et de trop près pour s'épouser longtemps.

*

Aucun baiser n'a l'arrogance d'être un couvercle.

*

On donne le nom de traductions aux malentendus qui nous aident à comprendre une langue étrangère à la nôtre.

*

Ne me tentez pas, dit le priant, et je serai sauvé. Ne secouez pas vos dés et je gagnerai la partie.

*

Ce ne sont pas les mêmes nez qui respirent le passé et qui aspirent à l'avenir. On naît historien ou aventurier.

*

On apprend de la lance les bons usages du bouclier.

*

La démarche de Vénus en suppose le décolleté.

*

On peut se tromper avec Pangloss sans raisonner juste avec Voltaire.

*

Le sérieux des Anglais a la gaieté triste.

*

La superstition des Chinois nous rend leur athéisme supportable.

*

Les innocents n'en ont pas l'air.

*

Les géants ne cessent de courber la tête et les nains marchent sur leurs orteils.

*

Nous n'avons connu dans nos mères que la bouche de notre nombril. L'âme nous vient du dehors et nous quittera.

*

Les journaux intimes nous font moins rougir que les feuilles publiques.

*

Napoléon était infatigable. Au retour des cendres, en 1840, on s'aperçut que ses orteils avaient crevé ses bottes.

*

Les climats ont si fort endormi l'âme des Russes qu'en leur langue fascinée par la splendeur du feu une place publique est belle d'être rouge.

*

Monsieur Robinet, Monsieur Lambin, Monsieur Poubelle, furent des hommes que leur gloire a humiliés.

*

Nos raisons de mourir seront toujours vivantes.

*

Sous le ciel morne où se morfond l'Anglais naquirent beaucoup des jeux dont s'amusent les hommes.

*

Les gens qui dressent les animaux sont d'une douceur inaltérable.

*

Nos songes se souviennent de nous.

*

Je te tiens quitte des opinions que nous partageons.

*

Les sourires pincés de Jules Renard grimacent au-dedans comme l'eau du puits de Poil de Carotte.

*

L'œil des borgnes travaille pour deux.

*

Garde-toi de tes bonnes intentions.

*

La plupart des vices sont des vertus de société.

*

Les joues les plus vieilles sont encore prêtes à rougir.

*

Les phares de Baudelaire éclairent des naufrages.

*

Les bêtes sauvages peinaient à manger ; nous les rassasions dans nos cages ; elles s'affairaient à vivre, elles s'ennuient à l'engrais. Nous différons leur mort pour rassurer notre appétit. Nous privons d'être chats nos chats apprivoisés.

*

Les cloisons conservent les chambres.

*

Ton absence me met en prison.

*

Comme certains pays ne connaissent de la pluie que ses déluges, il faut des deuils à certaines gens pour fondre en larmes.

*

Rimbaud n'a connu de père que Baudelaire qui n'eut pas de fils.

*

Est-ce ma faute, dit Rimbaud, si mon cuivre était un clairon ?

*

Le dérèglement, sitôt voulu, se tourne en règle, et plus qu'elle, il est tyrannique.

*

N'ayant pas pu tout ce que je voulais, je n'osais vouloir tout ce que je pouvais.

*

Plus une langue est sœur de la nôtre, plus je deviens impropre à parler la tienne.

*

Rien de ce qu'on a conquis n'est acquis.

*

L'orgueil est plus vide d'être moins creux que la vanité.

*

Tout bonheur est impur, tout désespoir est impie. Le sort m'a fait assez de bien pour n'en pas dire trop de mal.

*

Un distique paraît un peu long de n'être pas assez plein.

*

On attend d'un grand peintre une profonde apparence et une naïveté consommée.

*

Les faits ne sont pas plus innocents que les muets ne sont silencieux.

*

L'heure suprême et l'être suprême ne sont-ils qu'un ?

*

Il ne manque à nos sentiments que d'être des raisons.

*

Les médecins commencent à nous guérir depuis qu'étant moins hommes et plus savants ils obéissent aux lois de la physique et aux expériences de la chimie. La balance, l'éprouvette et la lancette ont nettoyé l'imagination du malade et celle du praticien.

*

La fatalité est une nécessité imaginaire.

*

Si les coups du sort et les horloges des heures de nos caprices ne détruisaient nos vies, mourir serait mûrir.

*

La guerre de Troie n'aura plus lieu. L'extermination artificielle de l'homme par l'homme n'a plus rien de martial que le nom.

*

L'ennemi mortel du corps, c'est l'esprit.

*

Les héros et les saints, les premiers par orgueil, les seconds par humilité, croient pouvoir ce qu'ils veulent.

*

L'indulgence a la douceur de la cruauté. Je te méprise assez pour t'accorder ce que tu te permets. C'est le dernier repas des incurables et la cigarette au pied de la potence.

*

Le pagne du sauvage est un manteau de cérémonie.

*

Êtes-vous déjà trop ministre pour être encore un homme, monsieur Goethe, si vous ne savez plus que toute injustice engendre un désordre ?

*

Une putain est plus salement loyale que son chevaucheur.

*

L'Europe sera le dernier pays des citoyens qui n'en auront plus.

*

Nous oublions que le bon goût suppose la bonté du nôtre.

*

Hitler et Staline ont persuadé leurs nations qu'ils étaient si grands qu'ils avaient le droit de n'être plus des hommes.

*

La sordide maxime des politiques est que tous les moyens sont bons pour être un heureux scélérat.

*

Tibère fut le contemporain de Jésus.

*

Si mon cœur ne bat mon esprit s'en va.

*

Nos jugements nous jugent, mais dans quelle balance ?

*

Un empereur romain, et qui méritait d'être appelé Probus, vainquit si absolument les Vandales qu'il occupa son armée, soudainement oiseuse, aux grands travaux de la paix. Il fut assassiné.

*

Quand l'étable pue, il faut répandre le fumier.

*

Tout homme connaît l'homme de trop près pour que le bon sens ne soit pas rebelle à l'adoration d'un semblable.

*

La populace prostitue ses idoles.

*

Un derviche tourneur échappe-t-il à sa toupie ?

*

Une âme qui s'ignore est cachée dans un esprit qui se connaît.

*

Le poète qui, dans Sainte-Beuve, est mort jeune, avait les ailes courtes.

*

L'audace est belle d'être rarement avantageuse.

*

Sartre était commodément assis dans le devoir d'insurrection.

*

La générosité se fonde sur l'ingratitude. Cinna reconnaissant ferait d'Auguste un Octave.

*

La pitié et la piété sont des mots qui s'entraiment.

*

Le pur attrait de la difficulté fascine et déprave l'habile artisan. Tel sonnet n'est qu'une laborieuse bagatelle et le génie de Paganini n'est souvent qu'ingénieux.

*

L'allégresse du bonheur a les mains tremblantes.

*

La simplicité coûte un labyrinthe. Que de Bach musiciens pour un Jean-Sébastien.

*

Les élus sont choisis. L'hérétique choisit.

*

L'art ne présente rien qu'il ne représente par une personne, par un signe, par une image, par un retour de mémoire et d'invention, par un simulacre, par une lieutenance. Mais personne n'est le Dieu qui a fait voir.

*

Nous ne connaissons du pouvoir des idées que l'empire des mots. Dieu même a parlé la lumière afin qu'elle fût.

*

Les morts ne périssent que de notre évanouissement. Chaque porteur d'un flambeau rallume le soleil.

*

La vie est musicienne, mais elle écrit ses notes sur des portées dont elle a la clef.

*

Il y a dans tout grand esprit quelque chose d'immortel dont il a préféré l'existence à la sienne.

*

Les raisons d'aimer ne font aimer personne. La clef sur la porte n'ouvre pas la porte.

*

Un Dieu sans péché peut-il se pardonner de s'être fait homme ?

*

L'homme n'aurait pas le diable au corps s'il n'y avait un ange dans sa bête.

*

La misère n'épargne pas aux misérables de se voler les uns les autres.

*

Ce ne sont pas les chevaux qui ont mis des obstacles dans leurs courses.

*

Il y a dans l'élégance une invisible épargne ou une secrète magnificence.

*

Le fruit explique trop la fleur pour n'en pas gâter la beauté.

*

En dépit du rideau, la farce n'est peut-être pas jouée. La mort aussi pourrait mentir.

*

Ceux qui vont parler n'écoutent pas ceux qui parlent.

*

Les riches ont sujet de douter s'ils sont heureux. C'est l'infortune des gens fortunés.

*

Comment n'aimerions-nous pas un Dieu qui nous permet de ne pas l'aimer ?

*

L'ambition m'a rendu modeste.

*

Les Espagnols bâtissent peu de châteaux en France.

*

La main droite hésite à signer les dépenses de la main gauche.

*

Les philosophes ténébreux prennent leur parapluie sitôt qu'il fait beau.

*

Quelle destinée spirituelle que celle de Rancé. Il fut le confesseur de Saint-Simon et de Chateaubriand.

*

Une vieillesse heureuse est une prouesse.

*

On ne peut qu'en passant se passer de son corps sans en mourir.

*

Une page blanche est une approche ou un reproche.

*

Les délices de la délicatesse sont des sourires de la convalescence.

*

Il y a des métiers où la marchande est à vendre.

*

Le divorce est si facile qu'on voit des démariés se raccoupler.

*

On apprend beaucoup des gens qui s'ignorent.

*

Ulysse ne se consolait pas d'être mangé le dernier.

*

Marguerite a beau s'y regarder ; son miroir ne l'admire pas.

*

La vieillesse punit tout homme.

*

La haine est si facile à partager que la coalition est le vrai nom d'une alliance.

*

La femme est son intime.

*

La mode court après le demain d'un hier.

*

Le fleuve est la fille de ses affluents.

*

Le chiffre treize est le Mathias d'un Judas.

*

La bête se passe trop bien de son ange.

*

On n'a jamais vu un cheval emporté gagner une course.

*

L'eau pure est la tisane des ivrognes.

*

L'avenir est la poésie des calculateurs.

*

Certaines femmes ont des robes qui les déshabillent.

*

Le veau d'or n'est plus au pied de la montagne.

*

Le matin ne se souvient que d'un rêve épanoui.

*

La Victoire de Samothrace s'est longtemps mouillé les ailes.

*

Tout enfant prodigieux est le fruit savant d'une famille ambitieuse.

*

Les écrivains qui se délectent dans le mal attachent trop de prix à leur damnation.

*

Il semblait qu'au siècle de Louis XIV le théâtre fût de tous les genres littéraires le plus triomphant. Il ne reste des âges suivants que Marivaux et Beaumarchais, Musset et Claudel.

*

Jusqu'au silence d'un sot pèse sur les assistants.

*

Le premier pas coûte au second.

*

Les tristesses rendent heureux ceux qui savent les raconter.

*

Si la vie ne nous effraie pas, c'est que la mort est son seul remède.

*

À lire la vie des auteurs célèbres, on s'étonne qu'ils aient pris le temps d'écrire.

*

Nos actes nous suivent de si près qu'ils n'ont pas toujours le temps de nous ressembler.

*

Le confident de soi-même est déjà un traître. Comment avaler son encre et sa langue ?

*

Les dernières faveurs d'une gourgandine sont les premières.

*

Il faut avoir un peu d'esprit pour faire la bête.

*

L'acte bref d'un désir naïf met neuf mois pour faire un enfant. Ô patience de l'impatience !

*

Le talent est le chien courant d'un chien couchant.

*

Le chiffre un ne multiplie pas et la soustraction soulage l'addition.

*

L'honneur que l'on chasse au galop ne revient pas à pied.

*

Si le soleil ne tournait pas il ne serait pas notre phare.

*

L'avantage qu'ont les fous sur nous, c'est qu'ils n'envient pas d'être sages.

*

Les vacances occupent le vide des métiers.

*

Succès est, dans la langue française, un mot savoureux et glissant.

*

Les missionnaires apprennent la médecine afin de guérir les impatients.

*

La mémoire est faite de souvenirs qu'a digérés l'esprit. Ils sont devenus si présents à nous-mêmes que nous ne les reconnaissons plus. Leur singularité successive n'est plus la nôtre.

*

La traite des Noirs a fait de Dumas Père l'oncle d'une Amérique.

*

Les femmes inspirent ceux qu'elles n'étouffent pas.

*

L'épargne des sentiments raidit les Anglais.

*

Quand je goûte mon bonheur, il me semble que j'ai volé quelqu'un.

*

L'avare et l'ambitieux n'ont d'appétit que s'ils dînent en ville.

*

La Bruyère est modeste ; il a cru qu'il n'avait rien dit.

*

Les grands écrivains sont trop connus pour être relus. C'est la virginité de la gloire.

*

Les yeux ne sont pas faits pour voir sans croire.

*

Les hommes qui ont peu d'imagination n'aiment que les jolies femmes.

*

L'exactitude est le tourment des horlogers.

*

César s'étonna d'être la conquête de Cléopâtre.

*

Les importants sont tellement dégoûtés des flagorneurs qu'ils font gloire de se dénigrer.

*

Après qu'Antoine n'eut plus de tentations, il s'avisa qu'il avait tenté d'être un saint.

*

Les personnes qui nous voient parler nous comprennent

mieux que celles qui nous écoutent.

*

Ceux qui pensent à ce qu'ils disent se taisent beaucoup.

*

Comment se promener dans une ville sans être acheté par ses mendiants ?

*

Les gros murs font les bons voisins. Vivons séparément de peur de nous entendre.

*

Nous oublions que les statues du temps jadis étaient aussi des peintures. Phidias avait fardé le Parthénon.

*

Ce ne sont pas les loups qui ont bâti les lupanars. Les Arétins ont inventé les Messaline.

*

L'enfant doit sortir de sa mère pour l'aimer. C'est leur séparation qui les réunit.

*

Notre légèreté se veut grave. Nous faisons plus grand cas des auteurs qui nous font pleurer que des auteurs qui nous font rire.

*

La vie est fertile en réponses qui nous questionnent.

*

La prudence des femmes aspire à la folie d'être des hommes.

*

Je m'étais flatté d'aimer notre langue pour me faire aimer.

*

Les souvenirs de l'histoire ont la mémoire courte.

*

La fève une fois trouvée nous dégoûte du gâteau. Il nous faut un mystère qui en promette un autre.

*

Le bracelet de ma montre étrangle le temps.

*

La terre promise touche au désert.

*

Gratte la prose et tu trouveras la poésie.

*

Un chrétien parfait verrait Dieu dans chaque homme.

*

L'*Odyssée* nous raconte Homère.

*

Chacun ne voit le ciel que dans son puits.

*

Les journaux sont si mal écrits qu'ils sont beaucoup lus.

*

La musique est partout une mère pour le musicien, la peinture pour un peintre, l'étude des nombres pour le calculateur, la construction des maisons et des ponts pour l'architecteur. Où que soit le gland, il nourrit le cochon. Le poète n'eut Dieu que dans sa propre langue.

*

Le temps ennoblit ce qu'il n'a pas brisé. Une amphore n'est pas une cruche.

*

Ce que je vois me regarde.

*

Dans un grand écrivain, l'émail, c'est la dent.

*

La longueur des robes met à plus haut prix la nudité des femmes.

*

La France de Louis XV fut la bien-aimée de l'Europe. Elle venait d'être grande, elle allait être redoutable.

*

Aucun homme important n'aima son meilleur peintre et la caricature est un peu trop fausse pour être vraie.

*

Quand la Roumanie parle français, elle se venge de trahir sa propre langue dans la version presque parfaite de l'extravagance. C'est l'Orient noir d'Ionesco et de Cioran.

*

J'ai pris le temps de n'être pas de mon temps.

*

L'œil du chat qui dort n'en ferme pas l'oreille. Nous survivons au sommeil parce qu'il nous surveille.

*

La Rochefoucauld dit improprement de l'amour de soi qu'il lui est propre.

*

On se console trop aisément des fautes que l'on n'a pas commises.

*

Nul impunément n'est ridiculisé, tant bouffonne est la condition des hommes et pénétrante leur malice.

*

Comment le bonheur d'un écrivain le paierait-il de la peine qu'il a eue ?

*

Louis XIV a-t-il pris Molière au sérieux ?

*

Le trait de l'ironie interroge. Le bouclier de la raison se défend.

*

Le creux d'une bouteille bien fermée nous surprend. Il y a pourtant des têtes bouchées de principes.

*

La foi de Paulhan s'attendait à l'apparition des esprits et aux printemps sans hirondelles.

*

Le peu que nous savons de Molière vivant nous vient de La Grange qui fut la cheville ouvrière de la troupe. Le calendrier de la gloire est fait de petits saints qui n'y figurent pas.

*

La jeune fille n'est pas une femme en fleur.

*

Malebranche s'est admiré dans Descartes.

*

Le grand souci des belles est d'éviter d'être aimées.

*

Les animaux boivent d'avoir soif ; l'homme a soif de boire.

*

Comment désirer le bien d'autrui sans lui vouloir du mal ?

*

On tombe dans le puits de la vérité qu'on ne cherchait pas.

*

La durée du rire en fatigue l'instant. Son ressort est bref. Il éclate ou il se dissipe comme une bombe. Il est le contrecoup et le contrepoids de la surprise. La gravité des Français est trop courte pour se piquer d'amertume anglaise ou s'enfler de bouffonnerie italienne.

*

Certains auteurs sont presque grands de nous avoir caché leurs petits écrits.

*

L'amour a couché beaucoup par écrit.

*

L'âme d'un chrétien est assez hérétique pour être surprise de ce qu'elle attend.

*

L'habile orateur commence par parler bas pour se faire écouter.

*

L'excellent prêcheur des vertus qu'il ne pratique pas peut convertir à la vraie foi ses auditeurs.

*

Une culbute ne fait pas d'un cul une tête.

*

Les idées, n'étant jamais vierges, ne cessent d'enfanter.

*

Il faut être fou d'espérance pour être chrétien, mais aveugle et sourd pour ne pas l'être.

*

Le génie des mots ne s'étend pas à l'ingéniosité de mes mains.

*

L'opinion des indifférents devient publique.

*

Les progrès de la médecine seront redoutables à la santé par la prescience indiscrète des maladies qui, dès l'enfant, annoncent l'homme. Nous serons malades d'avoir à l'être.

*

Stendhal et Marivaux n'ont cessé d'aimer pour la première fois. Ils sont cloués sur leur printemps.

*

L'école ne sert à rien si elle ne mène à tout.

*

À la longue, la morale a raison de ceux qui la violentent.

*

La coquille du buccin n'était pas faite pour y loger le bernard-l'hermite, ni le mariage pour les concubins.

*

Point d'histrion sans parterre. L'Allemagne a inventé Hitler comme la France avait produit Napoléon.

*

L'ouvrier s'immole à son œuvre. La survie est le fruit de la mort.

*

La jeunesse aspire à vieillir ou se tue.

*

Je cache ma vérité dans ma franchise.

*

Nos questions passent par des siècles de réponses ou de silences.

*

L'idée qu'ont les Français de Bonaparte leur rend Napoléon insupportable.

*

Rien n'est aussi prompt que la pensée, disait Homère. Nous voudrions nous passer du temps pour exister.

*

C'est sur le visage de mes contemporains qu'avec effroi je lis mes rides.

*

Je me débarrasse en les interrogeant des impudents qui me crochètent.

*

La subtilité de la police s'arrête aux ruses du métier.

*

Le vernis de Gautier sied davantage à Heredia qu'à Baudelaire.

*

La pudeur d'Elmire est sous la table d'Orgon.

*

Il semble que, depuis cinquante ans, la guerre ait peur de ne pas mourir.

*

De deux amis, qui choisit l'autre ?

*

Les motifs de la haine paraissent plus solides que les raisons d'aimer.

*

Nos sentiments sont vrais de n'être ni trop prompts ni trop apaisés.

*

Il reste au vieillard assez de pureté pour connaître son impureté. La Bible est fermée pour les anges. Il faut à son lecteur un effort d'imagination pour justifier l'innocence du Créateur.

*

La virginité de Jeanne d'Arc est inconcevable à ses historiens.

*

On s'avise étrangement que la descente ait davantage besoin d'un guide que la montée.

*

Est-ce de bonne foi que Gide l'avait mauvaise ? Paulhan du moins feignait d'espérer qu'on pût croire en Dieu. Il fondait son incertitude sur les vertus divines d'un champignon vénéneux et vénérien.

*

Les extrêmes ne se touchent que dans la nuit d'un court-circuit.

*

Le néant parle dans une multitude.

*

Les effets ne sont séparés des causes que par des chaînes souvent transparentes.

*

Spinoza, qui ruina ses poumons à polir des lunettes, fut retranché de la synagogue. La fille de son maître de grec et de latin repoussa son amour. La plupart de ses ouvrages ne furent publiés que l'année de sa mort ; il avait quarante-cinq ans. Il sentit qu'il était éternel.

*

C'est en remontant la rivière que le nageur en sent la force dans la sienne.

*

Un fils d'homme n'est jamais éloigné de son commencement, et le bout d'une carrière en abolit la course.

*

Le pinceau de Poussin conserve une Arcadie.

*

Tous les péchés ont eu des coussins sous les coudes, et durs d'être si doux.

*

Point de langue où ne soit dit le je ne sais quoi de l'homme.

*

Je n'ai point cessé de vivre pour des morts dont la vie ne m'a pas quitté.

*

C'est encore l'amour qui écrit la haine et qui l'inspire.

*

La plume n'écrit pas quand la folie souffle la bougie. Van Gogh rasséréné peignait l'homme à l'oreille coupée.

*

Comme Marie de Sévigné, Marie Du Deffand écrivit trop bien pour écrire un livre. Les bas-bleus ont la jambe anglaise.

*

L'État, se plaint-on, ne fait rien que d'empêcher tout. C'est à lui, et pourtant en France, que j'ai dû la profonde longueur de mes loisirs.

*

Certains orateurs parlent si bien qu'à peine ose-t-on leur demander ce qu'ils disent.

*

Les patiences du roman font bâiller le poète ; elles amusent les curieux. La boutique et l'arrière-boutique n'ont pas les mêmes chalands.

*

L'aumône épanouit les mains.

*

Sa démarche immolait à l'été ses robes vaporeuses.

*

L'amour est un aveugle illuminé.

*

Quelques gouttes d'eau troublaient à peine l'absinthe d'Alfred Jarry.

*

L'amour tue ou se tue. Il est Roméo ou Othello. C'est l'engeance tendre et furieuse des assassins.

*

Shakespeare, de qui le théâtre, autant qu'on le sache, fut la vie, n'a pas eu l'horreur d'être un autre.

*

À mesure que je me suis reconnu dans les autres, j'ai senti que nous étions tous ensorcelés.

*

C'est par ingratitude envers la santé qu'on s'accoutume à la maladie.

*

Après la mort de Louis XIV, Saint-Simon recueillit le fruit d'un jardin fermé.

*

L'écueil du mariage est qu'il permet aux imprudents ce qu'il ne faut pas se permettre.

*

Les femmes supportent mieux que nous le célibat. L'homme a besoin d'une autre pour être à soi.

*

La main qui dessine est plus attentive que la voix qui parle.

*

Ce qui boite ne marche pas.

*

Une conversation un peu nombreuse nous fait ouvrir des lettres qui ne nous étaient pas adressées.

*

J'étais moins seul quand vous n'étiez pas là.

*

Je n'ai pas la patience d'attendre qu'un bavard ait quelque chose à dire.

*

Tu me serais supérieur si tu m'égalais.

*

Peu de femmes acceptent d'être mariées à des célibataires.

*

Le Chartier de Lorient n'avait pas encore appris d'Alain à marier l'ombre à la lumière.

*

Où manque l'esprit de finesse la subtilité n'est qu'un subterfuge.

*

Celui-là commence à penser qui ose écouter en lui-même ce qu'il lui déplaît d'entendre.

*

Les amuseurs ont su s'ennuyer.

*

La liberté de la pluie étonne les barreaux du prisonnier.

*

La facilité du talent condamne aux travaux du génie.

*

La fuite et la poursuite, jusque chez les animaux, font des préludes de l'amour son principal délice et les bagatelles de la porte sont l'arc de son triomphe.

*

L'envie est ambitieuse et le trésor avare.

*

On ne tourne qu'autour d'un soleil. On navigue d'après une étoile. On ne cherche que d'avoir trouvé.

*

Le temps avance à reculons, comme les rameurs. Jésus sort d'Isaïe et il entre à Rome avec Paul. L'avenir dira ce qui fut prédit.

*

Le refus de l'homme est inhumain. Je m'aime, donc je t'aime.

*

Le singe est un sans-culotte. Le pagne fait l'homme.

*

Nos protestants ne se fâchent plus des indulgences de Rome mais des rigueurs du pape.

*

Beaucoup de garçons ont déjà perdu la tête lorsque l'esprit vient aux filles.

*

Ce que savent tous les ignorants n'est pas plus la science qu'un moulin à prières n'est un dévot.

*

Nous vivons d'avoir su des vivants que nous vivions. C'est par ouï-dire aussi que nous apprenons à devenir lentement les témoins intimes de nos propres épreuves. Voilà comment la peau se fait chair et la chair se fait os.

*

Les paradis sont insatiables. Adam et Ève n'avaient pas faim lorsqu'ils ont mangé la pomme. C'est par redondance qu'on dit d'un paradis qu'il est artificiel. La folie qui sort du chanvre est incurable parce qu'elle est une faim de l'esprit.

*

L'indulgence du pardon n'est pas étrangère au plaisir qu'on a d'avoir puni ceux qu'on aime.

*

L'excellent historien est l'acteur secret de ce qu'il raconte.

*

Les mal mariés épousent longtemps leur divorce.

*

Ceux qui nous sont chers n'ont pas de prix.

*

La jeunesse est trop prodigue d'elle-même pour se donner.

*

Le cœur et l'estomac se disputent la tête.

*

La laideur est plus belle qu'on ne la voit.

*

Il est impossible à la faiblesse de se dompter.

*

L'une des horreurs de la guerre est qu'il faut imiter son ennemi pour le vaincre.

*

Il arrive au mari et à l'amant de se disputer la femme qu'ils n'aiment pas.

*

La rêverie n'était avant Rousseau qu'une manière de ne penser à rien ou à des riens.

*

La science est sans conscience parce que l'homme est trop curieux pour être bon.

*

Notre siècle a découvert tant d'étoiles qu'il a perdu de vue la polaire.

*

On parle autrement de la vie après que la mort nous a parlé. La chute des feuilles met le cyprès dans tout son jour, et le glas sonne pour les vivants.

*

Les mots font pleurer et les larmes empêchent de parler.

*

Les astrologues sont la risée des astronomes. Mais Newton est pieux, mais Einstein n'est pas impie.

*

Les tempêtes de l'histoire nous en cachent les abîmes.

*

Le 7 juillet 1850, Dickens a écrit dans une lettre à Foster qu'il regrettait de ne pouvoir toujours écrire la belle langue de France.

*

Le père et la mère ne s'étonnent pas assez qu'un enfant ressemble à leur mélange.

*

Diderot parlait d'homme à homme à la virilité de Catherine II.

*

Les vainqueurs échappent au tribunal des vaincus.

*

Une œuvre n'est complète que dans un chef-d'œuvre. L'argot n'a pas immortalisé le jargon de Villon.

*

La destinée n'écrit que par nos mains.

*

Le clair de lune rend hommage à la terre.

*

On cueille rarement sur les rivages les pierres qu'aux abîmes arrachent les plongeurs.

*

C'est d'avoir tant ouvert le bec que l'oisillon ouvre ses ailes.

*

On ne construit pas un pont pour regarder le ciel, sinon dans la rivière.

*

Quand les Juifs demandèrent à Dieu quel était son nom il leur répondit JE SUIS. Lorsque les Jésuites cherchèrent Dieu dans le dictionnaire des Chinois, il n'y était pas. Comment le Tout serait-il écrit dans le Rien ?

*

L'analogie nous rassemble et la ressemblance nous trompe.

*

Le tour singulier que la pensée donne au lieu commun fait de l'écriveur un écrivain. C'est par où la forme est profonde. Rien du reste n'est littérature.

*

La bicyclette est si proche des jambes qu'un naïf usage en a fixé le nom.

*

Les bergers de la Corse embrasent les forêts pour verdir les prés. Il est difficile aux hommes qui sont nés dans un paradis de trouver en eux-mêmes des jardiniers.

*

La pyramide du pharaon attire la pioche du déterreur.

*

Que dire d'Homère que n'ait dit Ulysse ?

*

Il est des moments de soi-même que l'on franchit sur la corde raide en baissant les yeux.

*

Comment parler de la matière autrement qu'en termes d'esprit ?

*

On sait d'avoir inventé ce qu'on avait appris.

*

Les dents de la sagesse sont rarement les siennes.

*

Le disque et l'image vont faire de certains morts des contemporains pervers et persévérants.

*

Féliciter quelqu'un, c'est dire de lui qu'il est plus heureux que sage. On renvoie son mérite à la boule blanche de la loterie.

Ce qu'il a reçu pouvait ne pas lui échoir. Telle est l'injure des compliments.

*

La légèreté des hommes les soulage du fardeau des questions dont leur esprit s'inquiète. L'entendement et la vie ne se réconcilient qu'en s'oubliant.

*

La fureur est une colère que l'on jette au cachot.

*

Enseigner c'est dresser l'animal qui est dans l'homme et rendre adroite sa main gauche.

*

La gravité nous aide à tomber décemment.

*

On agit mieux non pas d'y penser mais d'y avoir pensé.

*

L'éloignement grossit la noirceur de la haine.

*

Sparte était la patrie céleste des Athéniens philosophes.

*

Le culte des images est l'idolâtrie des poètes.

*

L'imagination me rend présente toute absence.

*

L'imbécile n'a de bâton ni pour se défendre, ni pour attaquer, ni pour gouverner. Tout sceptre serait un roseau dans sa main.

*

Quel homme de l'esprit n'a d'abord été l'écolier d'un maître avant qu'à bon escient il se soit imité lui-même ?

*

Il faut que le bon nageur assomme le mauvais qui se noyait, pour les ramener ensemble au rivage.

*

C'est profaner un excellent poème que le mettre en musique, et c'est un sacrilège que de ne pas écouter un tableau parlant.

*

L'éloquence des larmes abuse de leur source.

*

La lecture est le commerce intemporel des âmes et un pont d'immortalité.

*

Je n'ai que ma vie pour ouvrir ma fenêtre à l'éternité.

*

Louis XIV enfant avait appris le Christ en couchant sur la paille d'une fuite en Égypte[1].

*

J'ai cru longtemps que la vieillesse m'avait été donnée pour vivre jeune.

*

C'est l'unité de l'esprit qui nous tient debout.

*

Les œuvres sans la foi donnent à penser que Dieu n'a pas besoin de nous pour agir comme lui.

*

Je suis puni par où tu pèches.

*

---

1 Roger Judrin, lecteur de Saint-Simon, fait allusion ici à la position du Dauphin lors du repli de la Cour à Saint-Germain-en-Laye pendant la Fronde ; cela fonde l'image de la fuite en Égypte. La peinture sur bois de Sébastien Bourdon représentant ce thème biblique, aujourd'hui au musée du Louvre, était alors dans l'Oratoire d'Anne d'Autriche au Palais-Royal.

L'alpha ne sait pas qu'il sera l'oméga.

*

Si le pauvre croit que Dieu l'aime, il est riche.

*

S'agit-il d'un sou, c'est une main qui le donne. La justice la plus sèche a besoin de l'amour pour être juste.

*

Je ne laisse pas assez de miel à mon abeille.

*

Il peut y avoir dans l'admiration soit un bonheur d'esclave, soit une passion d'ange pour la gloire de Dieu.

*

Celui qui se ferme aux exceptions n'a pas bien ouvert son compas.

*

Le limon du Nil n'est pas une boue.

*

Les femmes aiment à soigner l'enfant qu'est un homme.

*

La solitude me donne à toi.

*

Il y avait une commère dans Jouhandeau et du commérage dans le cercle de Jean Paulhan.

*

La vie d'un écrivain ressemble à ses ratures.

*

L'imagination m'a donné des yeux qui me regardent.

*

Nos mœurs nous habillent, nos vêtements nous montrent.

*

Si Voltaire eut vécu cent ans, comme Fontenelle, et avec une présence d'esprit aussi pleine, de quelle histoire n'eût-il pas été la réflexion ?

*

Une vie très longue donne à penser qu'un homme peut supporter l'ennui sans s'être ennuyé.

*

L'instinct trouve tout fait ce que la raison cherche à faire. Il est un privilège ; elle est une ressource. Il est une machine ; elle a inventé l'homme par l'homme.

*

Braver les bienséances, c'est rester couvert devant un empereur, quand on est le musicien Beethoven. Se découvrir, comme Goethe, c'est courir le risque de devenir ministre, mais ne pas abaisser le poète de *Faust*.

*

Au commencement de la vie, la terre était la mer, et c'est dans une poche de sang qu'a nagé neuf mois le fœtus sous le signe glissant du poisson.

*

Sous tous les climats, la splendeur des arts dans leur grâce naïve prouve que le sentiment du beau fut universellement partagé.

*

Nous ne pouvons nous moquer que des choses sérieuses. Le rire est sacrilège.

*

Il faut avoir beaucoup d'esprit pour savoir parler de son corps.

*

Les âmes un peu trop célestes ne goûtent dans les fruits que le regret des fleurs.

*

Les femmes qui sont adorées ne sont pas heureuses. L'idole sent le bois dont elle est faite.

*

Nous sommes les poissons d'invisibles filets.

*

Les contraires s'aiment de se battre.

*

L'existence d'un rien suppose l'éternité.

*

C'est à ses gouttières que le grand âge connaît sa vieillesse.

*

Ce qui se tait nous fait parler. C'est l'éloquence des énigmes.

*

La fidélité des ânes épelle mot pour mot ce qu'elle se flatte de traduire.

*

Le Maure de Venise a mal à la noirceur de sa peau. Jaloux, il ne s'aime pas assez pour croire qu'il est aimable. Sa folie se nourrit de son dénigrement.

*

Le bronze ne se brise pas ; il fond.

*

Il y a des cris qui nous parlent à voix basse.

*

La haine ne peut se cacher qu'elle est ignoble.

*

Le jardinier ne s'étonne pas de trouver un crapaud parmi les fleurs.

*

Une épargne d'idées affermit le courage. Les champs de carnage puent l'eau-de-vie. Les héros sont ivres.

*

L'impatience du feu qui couve n'est pas légère.

*

Quand n'arrive pas ce que nous attendions, c'est que nous n'avions pas eu d'yeux pour voir ce que nous avions prévu.

*

Quel esclave n'attend pas l'occasion d'être à son tour un tyran ?

*

Le miroir nous fait croire qu'il réfléchit.

*

Lorsque la main gouverne le bateau, c'est que l'œil a lu la boussole.

*

Vingt ans après Guillaume II, Hitler nous a cruellement rappelé que les Allemands étaient trop faciles à gouverner.

*

Je reconnais la langue grasse et le trébuchement des ivrognes dans les idées qui marchent toutes seules.

*

En dépit des athées, les laboureurs et les matelots savent que les choses de la terre passent par le ciel.

*

Les fesse-cahiers m'ont demandé ce que je pensais en parlant. J'ai répondu : « Mais vous, messieurs, que penserez-vous en m'écoutant ? »

*

J'ai une idée, me dit-il. Je lui ai conseillé d'attendre la seconde.

*

On ne partage jamais les larmes dans le même mouchoir.

*

L'exercice du pouvoir a condamné Marc-Aurèle au cirque de Lyon.

*

Le Socrate du marché aux herbes nourrit le banquet de Platon. Il y avait des dieux aussi dans la cuisine d'Héraclite.

*

Nous vivons d'avoir un corps qui meurt.

*

Les erreurs de notre esprit coûtent cher aux misères de notre corps. Alain était gourmand.

*

La paresse des poètes et le miel de leurs lèvres montrent les fleurs et cachent l'abeille.

*

J'eus en vous regardant du respect pour l'amour.

*

L'argent passe de main en main, comme une catin.

*

Mon imagination peint le monde à l'image de mon corps. Mes matinées sont plus heureuses que mes soirs.

*

Je lis mon esprit dans ma langue.

*

Mes négations m'affirment.

*

Courage ! Le jour est moins bête que le journal.

*

La plupart des amours manquent de cœur.

*

Le carton du théâtre fait pleurer les loges.

*

Cher Œdipe, le mot d'une énigme est un accouchement sans délivrance. C'est une vérité qui crève les yeux.

*

Il nous arrive de vouloir bien ce que nous faisons mal et de vouloir mal ce que nous faisons bien. Un artiste est meilleur et pire que ses œuvres.

*

Nous ne savons rien du Pascal qui pensait à travailler.

*

Les fouilleurs de tombes parlent du pot d'après le tesson. L'histoire de la littérature est faite d'illustres débris.

*

La belle Dame sans merci, dans le lai d'Alain Chartier, poète du XVe siècle, refusa à son amant le don d'amoureuse merci, c'est-à-dire, les dernières faveurs. C'est par une charmante allusion que le philosophe Émile Chartier, pourtant favorisé des femmes, s'illustra sous le nom d'Alain. Il est vrai qu'il fut par excellence un pénitent. Comme la belle dame du lai, il fut l'esprit qui dit non. Il a défini l'âme comme un refus du corps et le citoyen comme un ennemi du pouvoir. Voilà bien, sous les dehors courtois de la littérature, la parfaite résurrection, par la grâce de l'équivoque, d'un écrivain français dans son homonyme.

Balzac y fut moins heureux. Guez de Balzac, en tant qu'écrivain, l'emporte infiniment sur Honoré qui, à titre d'auteur, est un incomparable inventeur.

*

Les églises meurent de leurs indulgences.

*

On trouve mûre et chaude, mais sans y songer, la stance qu'on avait rêvée. La grâce est le fruit apparemment gratuit d'une insensible aspiration de l'esprit. C'est la fertilité paresseuse des poètes et des inventeurs.

*

Les véritables soldats ont la légèreté des fumées dont s'enveloppe la tête des volcans.

*

L'erreur est une passion. Les yeux qu'on décille continuent d'aimer leurs paupières.

*

Nous aimons dans l'argent bien moins ce qu'il permet que ce qu'il promet.

*

Quoi de plus sensible, au cœur de sa toile, que le tact de l'araignée ? C'est la délicatesse de l'observateur envers les insectes, du poète à l'égard des mots, de Marie et de Jeanne envers leurs voix.

*

Le tact consiste à ne toucher rien. Sainte Nitouche est-elle une sainte ?

*

Dans l'air premier qui déclot les lèvres du nouveau-né, dans le souffle dernier du mourant, une âme tient la vie en suspens. Ce vent étranger qui nous brûle au-dedans d'un feu si long mais si passager, c'est la question que fait à tout esprit l'Esprit même.

*

Scarron, qui rit cinquante ans de peur de pleurer, nous confesse dans son épitaphe qu'il mourut sans avoir dormi.

*

Tantôt l'idée se fait image, tantôt l'image fait éclore l'idée.

*

Le style est le privilège, qu'ont fort peu d'auteurs, de ne se réduire pas à ce qu'ils disent, ni à ce que l'on dit. L'amalgame exquis de la matière avec la manière, de la pensée avec son expression, change le caillou en pierre gravée et le talent en génie.

*

Si, dans la foire aux vanités, tu prétends qu'un jour on te montre, ose être un monstre. Consens, par certains côtés, à paraître un brutal et, pour te mettre en vue, à devenir le fréquent tyran de toi-même et des autres. Nul homme n'est grand, fût-il Pascal ou Mozart, innocemment.

*

Des génies que j'admire je plains le sort. Je vois sur leurs épaules la tunique de Nessus.

*

Est-il permis à une créature de jurer sur les Évangiles ?

*

Que ma volonté, Seigneur, me détourne de croire qu'elle est la vôtre. Ma destinée n'est pas divine.

*

Si Grouchy avait été Desaix, Waterloo eût été Marengo.

*

Le succès ne ressemble pas souvent au bonheur. On ne sait pas si Watteau embarque pour Cythère ou s'il y désembarque.

*

Les vertus des athées étonnent les vices des dévots.

*

La chenille n'instruit pas le papillon.

*

Sartre fut trop le complice de son temps pour ne pas en être après coup la victime. On ne lit pas le journal dans un livre.

*

L'argent n'est pas le bon serviteur d'un mauvais maître.

*

Je pense, donc Dieu est.

*

L'œil est facile à séduire, mais l'oreille est plus longtemps captive de la mélodie. Les images m'appellent, les sons me retiennent.

*

On ne lit un poète que dans la langue où on l'écoute.

*

Jamais on n'a fait dans la langue de la prose des vers plus pleins, plus justes et plus beaux que ceux de Racine. Ils sont profonds d'être clairs, ils coulent sans roucouler, ils tuent sans ensanglanter. Une perfection si simple est purement française.

*

Quel siècle autant que le nôtre, et parmi deux guerres universellement absurdes, fut malade de ses médecins et fou de ses philosophes ?

*

Une idée faible ne peut être fortement dite.

*

L'éclat du soleil obscurcit nos lunettes.

*

On ne voit d'une femme que les tétons ; les hommes s'en amusent, mais les enfants s'en nourrissent. C'est dans l'aspect du mâle que la nature est impudique.

*

La table de Pythagore n'a pas inventé nos dix doigts.

*

L'amour de la nécessité rend toute espérance haïssable et sotte. On ne se chauffe pas à la fumée d'un monde éteint. Un Dieu qui saurait tout n'aurait rien à comprendre. Il manquerait de présence à son éternité. Il serait absent de tout calendrier.

*

Les Juifs, a dit Jésus, ne savent pas ce qu'ils font en me crucifiant. Leur crime n'est pas leur péché. Ce généreux effacement réduit l'homme à sa marionnette. La cause d'un mal est si déraisonnable que les juges ne punissent que des fous. Un coupable n'est qu'un imbécile. Judas n'est pas plus corrigible que le diable. Il n'y a donc pas de différence entre un idiot et un innocent, comme en témoigne le langage même.

*

Quel bijou n'est indiscret ?

*

La réflexion commence avec la faute.

*

Napoléon digéra sa mort pendant six ans.

*

La carte de la mer en raconte les écueils.

*

Le feu de l'âtre et le flot du rivage remuent l'esprit et reposent le corps. Ils font compagnie et ils nous font compagnons de nous-mêmes.

*

Le vice trouve en tout novice un maître.

*

Le refus de la force suppose la force du refus. La liberté de l'Inde est sortie des prisons de Gandhi.

*

Les puissants ne se défient jamais assez des personnes tranquilles dont l'esprit ne se repose jamais.

*

Le fossé qui t'arrête m'exerce à sauter.

*

Le pillage d'un pays descend des montagnes dans les plaines. Les pauvres, qui sont guerriers, tombent sur les marchands qu'enrichit la paix d'en bas.

*

Aucun peuple ne gouverne. Le nombre fait nombre.

*

Chacun n'a que l'étendue de ses limites.

*

Que de pensées se font sans qu'on les ait faites !

*

Le mot de liberté est une coquette que l'on met au pluriel pour en savourer les caprices.

*

La pompe de leur reine ou les perruques de leurs magistrats déguisent aux Anglais le cadavre d'un immense empire.

*

Les préférences ne sont injustes que d'être presque justes. Un très petit poids dans les plateaux de la balance fait d'un je ne sais quoi quelque chose.

*

La paresse est le vice même et tout péché devient mortel d'avoir cru qu'il était véniel.

*

L'utile et le beau dans leur naïf amalgame sont la gloire des âges d'or. Un pot d'argile, un bouton de ceinture et une breloque de bois font du plus simple ouvrage un chef-d'œuvre. Les chansons et les danses du peuple sont alors naturellement exquises.

*

J'entendais une fois, dans le salon des Roditi, la voix très durement roumaine et les éclats de gaieté du plus sinistre des auteurs. Car il y avait un bonheur de bouffon dans cet acteur tragique. Ce brillant imposteur fut la coqueluche de Paris. Le fond de son âme était germanique et russe. Il eût pu n'être qu'une rinçure de Nietzsche et de Dostoïevski. Ce berger du Danube s'était longtemps, dans sa langue natale, engoué des fureurs triomphantes d'Hitler. Après coup, le caméléon pathétique érigea son athéisme effréné de fils de pope en désespoir métaphysique. C'est par un style d'adoption habilement enfoncé dans notre dictionnaire qu'il se fit le contemporain de Grimm et d'Helvétius, de Julie de Lespinasse et du neveu de Rameau, de La Mettrie et de Madame d'Épinay. Cioran fut une étonnante résurrection de l'abbé Galiani. Ses drôleries firent la cour à la vanité intellectuelle des Français. La farce et la force de l'emprunteur séduisirent l'Académie où Ionesco s'était assis. Mais quoi ! la chemise brune de l'hitlérien collait à la peau de Nessus et la misère, d'ailleurs naïve et vraie, de l'écornifleur s'opposaient à l'épouillage public d'un héros mondain. Cioran l'athée fut enveloppé dans le faste funèbre et un peu royal de l'orthodoxie parisienne.

*

Les armes des saints sont la nudité des pauvres, la récitation des prières, le mémorial du sacrifice, la pureté des mœurs, et, pour salaire, les quolibets, les coups, l'ironie, les croix. Car la nature est païenne, la chair et l'argent puent ; le miroir muet de la vertu enflamme le vice de fureur. C'est ainsi dans tous les temps pour tous les temps. Cependant l'instinct ne trompe pas la conspiration des bêtes féroces. Elles sentent qu'il y a dans la faiblesse héroïque des chrétiens une force inextinguible et, dans le mépris qui vise à les exterminer un secret désespoir de les admirer.

*

L'esprit est cet indispensable compagnon qui tantôt m'aide à vivre et tantôt m'en empêche.

*

Si Dieu avait un nom, il ne serait pas unique ; s'il avait une famille, il ne serait personne.

*

C'est en Dieu seul que, de but en blanc, la volonté s'accomplit. Il n'a pas le besoin de nous pour être lui.

*

Nous blessons Dieu dans notre indignité. Comment lui pardonnerions-nous de nous avoir faits impardonnables ?

*

Jésus-Christ n'a pas inventé le pain et le poisson qu'il multiplie ; il tire de quelques-uns la nourriture de la multitude.

*

Le diable demande à Jésus d'ouvrir les ailes d'Icare.

*

Les dons de la terre ont besoin des pardons du Ciel. La raison n'est pas céleste et la foi n'est pas raisonnable.

*

Homme, ne regrette pas trop d'être automate. Quel recoin de liberté fût-il resté à notre liberté s'il eût fallu conduire de la bouche au cul chacune des goulées de notre nourriture.

*

On ne serait pas heureux de devoir l'être.

*

Il ne fut donné qu'à Jésus de naître comme s'il n'avait pas été et de n'être pas comme s'il avait cessé d'être.

*

Marc-Aurèle dit que la vie est bien plus une lutte qu'une danse. Il n'en va pas autrement de l'amour.

*

Chaque vertu a besoin d'une sœur pour être digne de sa mère. Sans justice la force est violence, sans la foi l'espérance est chimérique, sans la prudence la charité est une danaïde, sans la tempérance la sagesse même se tourne en folie. L'homme étant composé de deux moitiés n'échappe à la stérilité que par l'accouplement et à la bigarrure que par l'alliance.

*

Épicure et Marc-Aurèle avaient l'estomac délabré. Ils surmontèrent la douleur en obéissant à la modération. La philosophie de Fontenelle fit d'un roseau un centenaire.

*

Échapper au malheur n'est qu'un bonheur de réflexion.

*

Il avait abusé de mon amitié pour me haïr mieux.

*

Les femmes qui se déshabillent à peu de frais coûtent cher à vêtir.

*

Privé de la nymphe Écho, Narcisse se noie dans sa cuvette.

*

Il faudrait cesser de mourir pour apprendre à ne pas tuer.

*

Ô cruel Dédale de la métaphysique ! Dieu a payé de la mort de Dieu le rachat de l'homme.

*

Le nombre des divorces prouve que les femmes préfèrent le mariage à leurs maris.

*

La passion du sacrifice cloue certaines mères sur leurs enfants.

*

Las d'allumer la lune, nous avons mis le pied sur cet astre mort afin d'y chercher les archives de la terre.

*

Une postérité sans mémoire nous déconcerte. Nous ne pensons qu'à jeter des ponts sur des rives.

*

Si la pensée est fille de la prière, c'est que les cris et les pleurs des enfants sont magiques. Ils ouvrent le corsage de la nourrice.

*

Le spectateur d'une nuit étoilée apprend de l'éloignement des astres un ordre auquel il ne peut rien changer.

*

Le plus analogue est le moins pareil. C'est parce que la pomme tombe sur la terre que la lune n'y tombe pas.

*

La pensée n'est pas plus une chose que le cercle n'est une roue.

*

Le poids n'est pas plus dans la pierre que la valeur dans l'or, l'amour dans l'objet aimé et la cause dans la chose. C'est l'entre-deux qui importe.

*

Descartes a beau attribuer l'attrait qu'il sent pour les femmes louches à la biglerie d'une fillette qu'il avait aimée dans son enfance, il continue d'être sensible à la dépravation de son goût. La connaissance d'une erreur n'en corrige pas l'égarement.

*

L'Inde est peuplée de résurrections sans souvenirs. L'épaule des vagues y roule un océan d'oubli.

*

Le propre d'un trésor est d'être caché. Il reste beaucoup de sable à remuer dans toutes les Égypte et dans tous les cœurs.

*

Faute de rides, le visage d'un enfant bégaye.

*

Si les exemples tenaient lieu de préceptes, il suffirait d'ouvrir les yeux pour fermer les livres.

*

Personne n'est désintéressé, mais tout marchand n'est pas un escroc.

*

Pour savoir être vieux il faut sans doute avoir mérité de l'être.

*

On ne doit pas être las d'être un homme tant qu'on n'a pas fini d'en être un.

*

Je t'ai dit du mal d'être un homme afin de t'épargner de le taire.

*

Garde un clou avant de chasser l'autre.

*

L'étonnement reste toujours assez jeune pour ne pas vieillir.

*

L'amour-propre est notre pays natal.

*

J'aime tes défauts de n'être pas les miens.

*

La nudité n'est pas dans l'atelier d'un peintre ce qu'elle est dans une chambre.

*

Penser la même chose et la dire autrement, c'est ne pas penser la même chose. Une fable de La Fontaine n'est pas une fable d'Ésope.

*

Un rien me blesse et je suis prompt à m'effaroucher. Cette fierté-là fait peur. On ne s'assied pas sur un pic.

*

Le jeûne espère la fête.

*

Les fripons ne se consoleraient pas d'être rentiers.

*

Un bon critique a les yeux de la malice et la bouche de l'indulgence.

*

Nous courons au-devant de nos souffrances. Leur attente est insupportable. Jésus dit à Judas : ce que tu veux faire, fais-le vite. Le Christ oublie qu'il est éternel.

*

Le plus occupé des hommes a le temps d'en perdre, et de se perdre.

*

Le Nouveau Testament a mis deux mille ans à se réclamer de l'Ancien.

*

La foudre n'épargne pas les clochers, ni la sainteté la santé.

*

La digestion de l'esprit n'est guère plus mystérieuse que celle du corps.

*

Certains violents ne rossent que leurs femmes et leurs enfants. Les bourrades et les gourmades relèvent encore du droit de propriété.

*

Le sérieux d'un enfant n'est pas raisonnable.

*

Le pour et le contre sont de force inégale dans l'arbitre qui feint d'être indifférent.

*

Le blanc n'est pas le contraire du noir dans le gris. Le zèbre n'est pas un âne qu'on prendrait pour un cheval.

*

Une femme qui s'abandonne ne se donne pas. Le saint ne se donne à Dieu qu'en s'y perdant.

*

Je n'étais pas de ceux qui servaient Alain. Je ne suis pas de ceux qui se servent de lui. Mais je ne me suis trouvé tout autre qu'en lui seul.

*

Si les fous ne raisonnaient pas, saurait-on qu'ils sont fous ?

*

Rien ne peut être neuf en le restant, mais rien ne peut changer en s'abolissant.

*

Le chien que je détache de sa niche m'est attaché.

*

Un essai ne prétend pas être un livre. Ce fut la modestie de Montaigne que sa mémoire rendit mémorable.

*

Il est bon que la justice se rende précieuse en coûtant cher.

*

S'instruire, c'est s'approprier le bien d'autrui.

*

Le sentiment que nous avons d'être imparfait est notre seul titre à l'éternité.

*

Les yeux, les lèvres et les mains des amoureux leur épargnent d'écouter ce qu'ils se disent. Leur prose a besoin des poètes et des musiciens.

*

Vous me demandez la bonne opinion que j'ai de votre ouvrage.

*

Il y a des personnes qu'il faut quitter pour les aimer. C'est la bonne fortune des pauvres morts.

*

Le bouquet des poètes est fait des roses qu'ils n'ont pas cueillies.

*

Le zèle indiscret d'une louange maladroite met l'orgueil au supplice.

*

Les personnes qui ont assez d'esprit pour n'en pas avoir trop ne supportent pas la brutalité du génie.

*

Les hommes d'État sont des acteurs qui se jouent de nous.

*

L'art du roman se nourrit de son écorce comme la coquille peinte des œufs de Pâques.

*

L'abeille du matin se sent ouvrière.

*

L'araignée bave sa vie comme les sophistes.

*

Les oreilles n'ont que des paupières de coton.

*

La tisane guérit l'eau.

*

Les peaux s'attirent ou se repoussent.

*

Priape monte en chaire.

*

On s'étonne que le nu soit académique.

*

Je suis curieux d'apprendre ce que je sais.

*

La jeunesse ne sait pas encore ce qu'elle a appris.

*

La politesse pèche en silence.

*

La mémoire nourrit les jugements qu'elle ne tue pas.

*

La langue des grammairiens m'est un grimoire.

*

Personne ne grimpe sans montrer son cul.

*

L'amour et l'estime se ressemblent en dépit d'eux-mêmes.

*

L'intelligence a ses butors et ses délicats.

*

L'argent n'est pas assez honorable pour être méprisable.

*

Ninon se servait de ses payeurs pour combler ses favoris.

*

Le murmure est l'éloquence de l'amour.

*

Quand le chômage n'est plus une fête, la désoccupation se tourne en désœuvrement. Les baisers n'enfantent plus. Les lendemains sont des remises.

*

Avez-vous oublié nos sérieuses délices et la gravité de nos jeux ?

*

Les mains de la charité ne savent pas qu'elles sont jointes.

*

Les aréopages sont des volières de mots empaillés.

*

Le sourire boutonné des déités orientales est-il un lotus qui fleurit au-dedans ?

*

Alain fut aimé d'amour par une femme vierge.

*

Les écrans publics ont rendu les femmes nues si familières aux spectateurs que la pudeur a l'air d'habiller les trottoirs.

*

Les étrangers disent des Français qu'ils ont l'amitié rare et l'amour facile.

*

Il faut qu'une belle femme ait beaucoup de talent pour être jolie.

*

L'oisiveté d'un écrivain célèbre est nécessairement une vertu.

*

Comment cacher à une jolie femme qu'elle est une prose qui nous captive ?

*

J'aime trop l'eau des sources pour boire au fleuve d'un gros roman.

*

Il arrive à la mauvaise mémoire d'inventer bien.

*

Les célibataires sont d'avis que le mariage est absurde et qu'il est trop facile de partager un lit pour unir deux vies.

*

Tu n'oublieras pas que je me suis oublié.

*

C'est toujours le présent qui écrit l'histoire.

*

Le temps est la fausse monnaie de l'amour.

*

Je te crois quand tu crois. Je ne me trompe pas quand tu me trompes.

*

Les malheurs de l'amour intéressent tous ceux qui n'ont pas assez aimé pour être aimés.

*

Le mathématicien invente l'homme. L'échelle des nombres nous élève à Dieu.

*

Si le perroquet parlait, il penserait. Mais, quand il me répète, il ne sait ce que je dis.

*

La nature multiplie. Ce n'est pourtant pas assez de faire un enfant pour avoir fait un homme.

*

Le XXe siècle aura eu deux mille ans plus tôt qu'on ne l'avait cru. Nous ne savons plus ce que nous serons. Voilà que l'avenir n'est plus un futur passé.

*

Je fais bien ce que j'aime à faire. C'est un jeu qui me cultive. Ce bonheur-là fut ma boussole. Je me cherche de m'être rencontré.

*

L'adresse du tricheur abolit le hasard. Il donne de l'esprit à l'absurdité qui est l'essence du coup de dés. Il prête une suite à ce qui précède. Il fait d'une rose un rosaire.

*

L'imagination d'un mal est si mauvaise que la tristesse encrêpe l'âme. Certains visages sont d'un si fâcheux augure qu'ils attirent les infortunes. Descartes avait une disposition si volontaire à la joie qu'il promettait le gain d'une partie à la face joviale d'un joueur comme si l'arrêt de la boule d'ivoire sur la case favorable obéissait à nos sentiments[2].

*

La beauté donne trop d'audace à qui la possède et trop d'effroi aux timides qu'elle désespère pour que le don le plus éclatant ne soit pas néfaste.

*

Un coup de maître change en coups d'essai tous les suivants. Il fut impossible à Corneille d'avoir deux fois l'âge du Cid.

*

La plupart des causes étant cachées, Dieu même dépend des prophètes qui l'annoncent et des prophètes qui l'expliquent. Il fallait qu'Isaïe eût prévu Jésus pour que le Baptiste le fît voir.

*

2 Roger Judrin sollicite une phrase et écarte l'œuvre. Si l'article 142 des *Passions de l'âme* affirme bien que « souvent une fausse joie vaut mieux qu'une tristesse dont la cause est vraie » c'est parce que l'affect de joie produit souvent des effets immédiats préférables à ceux de la tristesse. Dans une lettre à Élisabeth (6 octobre 1645) Descartes conclut comme ailleurs au contraire : « voyant que c'est une plus grande perfection de connaître la vérité, encore même qu'elle soit à notre désavantage, que l'ignorer, j'avoue qu'il vaut mieux être moins gai et avoir plus de connaissance. »

Un livre ne fait de bruit que s'il a touché des lecteurs pour l'attendre et pour l'entendre.

*

Pour vaincre, un ambitieux doit dissimuler sa timidité pour étaler son assurance. Sa foi nous attire, mais sa certitude nous blesserait.

*

Les effets du regard sont beaucoup plus prompts que les charmes de la voix ne sont pénétrants. Contre le mauvais œil la résistance est vaine.

*

Notre expérience est faite d'essais. Nous apprenons à petits coups. La nature de nos pensées et les occurrences de la vie, dans leur soudaineté et par leur répétition, nous conduisent de l'ébauche à l'achèvement. Il y a dans l'esprit de suite un esprit de perfection. Or, si le jeu a un sens, c'est que le hasard n'a pas de sens. Mais l'intelligence du cœur refuse la sécheresse de l'entendement.

*

Nos incertitudes peuvent nous permettre de croire.

*

Le curé doit son crédit à l'aveu qu'à chaque office il fait publiquement d'avoir les mains sales et d'être un pécheur indigne de célébrer.

*

L'esprit se tait quand le corps dit non. L'éternuement du prêtre suspendait jadis la célébration.

*

Il n'y a pas de nef des fous. Il faut un sage au timon et Rimbaud dans un bateau ivre.

*

Si la raison était souveraine, qui s'y fierait ?

*

Les Pyrénées ne sont pas le Rhin.

*

Aucun lecteur n'est la dupe de la modestie d'un auteur.

*

Jacques Prévert n'est jamais aussi bon diable que dans le bénitier.

*

Le bon usage de l'expérience consiste à ne pas s'y fier.

*

L'ironie s'attend à la mauvaise réponse qu'elle nous suggère.

*

L'auteur de *Poil de carotte* se dédommagea du malheur de n'avoir pas été orphelin.

*

Il y a des perles qui n'ont pas besoin de collier pour étinceler.

*

Les caresses polissent le cuir des grasses matinées.

*

Les paradis n'ont de portes que pour en sortir.

*

Le revers de ce monde-là n'en sauverait pas la médaille.

*

L'inégalité des armes a rendu trop facile à l'Europe la conquête de l'Amérique.

*

L'esprit n'est pas assez présent dans l'amour pour en régler la fécondité.

*

La crainte de la pauvreté justifie la prudence et la déshonore.

*

La générosité a moins de prix dans l'opulence que dans la pauvreté.

*

L'incuriosité tombe dans l'incurie et le flegme dans l'indifférence.

*

Qui veut gagner du temps s'instruit mal.

*

Comment Dieu comprendrait-il Dieu ?

*

La rose de Malherbe survit à Rosette Du Perrier.

*

La liberté, dans la bouche d'un esclave n'est pas qu'un mot.

*

La vérité est belle de ne pouvoir pas être embellie.

*

La médiocrité élevée réussit trop pour être admirable.

*

L'esprit ne se résoudra jamais à se dissoudre dans un monde aveugle.

*

Il semblait à Homère que l'histoire d'Ulysse venait de très loin et qu'il retroussait les robes des nourrices.

*

La mauvaise foi ne manque jamais d'avoir la conscience très bonne.

*

Jean Rostand était un athée qui eut raison de croire à la maternité des grenouilles vierges.

*

J'ai les retouches en horreur. On change les serrures des clefs perdues[3].

*

Les précieuses voulaient que leur corps eût de l'esprit et qu'il fît chanter la prose.

*

3 Daniel Boulanger, compiègnois d'esprit comme le fut Roger Judrin, inventa au contraire un genre littéraire magnifique, qu'il nomma précisément « Retouches ».

La terre n'est pas ronde mais elle roule.

*

Le dessinateur grossit la puce et amenuise l'éléphant.

*

Personne ne vit longtemps sans mourir vieux.

*

L'éclat du coquelicot ne promettait pas le sommeil du pavot.

*

Ceux qui envient le bonheur des sots parlent sans doute en connaisseurs.

*

Les dégoûtés sont dégoûtants.

*

Ce qui va sans dire vaut mieux d'être tu.

*

Qui ne croit pas, qui le croit ?

*

Les habiles ne sont jamais du parti qu'ils ont.

*

Il faut grossir le trait pour faire parler les planches.

*

Le citron nous dérobe la crudité de l'huître.

*

Si le ronfleur s'entendait, il n'oserait pas s'endormir.

*

La liberté de parler pour ne rien dire est un plaisir très partagé.

*

Les matinées avec Monsieur Teste consolaient les soirées de Paul Valéry.

*

Le rien dont nous sommes faits occupa nos parents.

*

Adam ne sut pas longtemps qu'il était seul.

*

J'eus le privilège continué d'avoir une famille qui favorisait ma solitude. La plupart des foyers sont les bûchers d'une inquisition.

*

La vanité de paraître crucifie la gloire.

*

Heureux les bourreaux de travail ; ils n'ont pas le temps de se tourmenter.

*

Les plis du cerveau sont-ils les mystères de nos évidences ?

*

Le regard éclaire nos mains. Les aveugles n'ont pas d'avant-garde.

*

L'humanité se compose d'un fort petit nombre de gens qui veulent faire ce que beaucoup veulent bien faire et qu'une poignée de rebelles se refuse à faire.

*

Notre sang est moins délicat que notre appétit. Les lions mangent plus de rats que de gazelles.

*

Les gens d'esprit se permettent entre eux d'en manquer par un surprenant commerce d'indulgences.

*

La réflexion n'a pas de paupières.

*

L'odeur des fleurs est la coquetterie publique et précise dont les insectes ont la clef. Le nez du jardinier n'a pas de flair.

*

L'eau ne suffit pas à la soif de l'homme.

*

L'orgueil de la hâte dissimule aux amants la défaite de leur victoire, et la peau du tigre au bas du lit.

*

Le plaisir s'interrompt de peur de s'accomplir comme une pensée qui meurt au bout d'une langue.

*

Dieu n'est-il riche que de s'être caché dans notre pauvreté ?

*

L'ombre d'Eurydice est la lumière d'Orphée.

*

La tendresse a ses heures et parfois ses moments.

*

Mozart est Don Juan. Il a mis la femme en musique. Il a des printemps d'oiseau. Il babille, il frétille, il toupille, il brille, il sémille, il cheville, il vétille, il trille, mais il enchante ses tourments, il divinise sa mélancolie, il danse sa mort, il serait Figaro si Beaumarchais était poète et qu'Aristophane n'eût pas été grec.

*

Ce que Vénus admire dans la force de l'homme, c'est sa faiblesse d'enfant.

*

Ta légèreté me condamne au sérieux.

*

La haine que tu me témoignes m'autorise à m'aimer mieux.

*

Un sonnet parfait, disant tout, n'aurait rien à nous taire. Mais rien d'humain n'est irréprochable, et le désespoir nous donne à espérer. C'est l'impureté de la poésie pure.

*

Le sanglier est vêtu. Le cochon est sale d'être rose.

*

Les délicats mentent par délicatesse. Ils souffriraient d'une sincérité qui nous blesserait. Ils lissent, ils poncent, ils adoucissent le mal et les mots. Ils nous aident à digérer la vérité. Ils la trahissent par amour.

*

Paul Valéry est plus géomètre que poète. Il est naturellement abstrait. Il figure au lieu d'imaginer. Son vers est nombreux, son charme est décharné. Ses amours sont d'un automate.

*

Je retiens l'assassin que je contiens. Je conçois le vol mais mes larcins ont des moignons. Mes folies relèvent de ma raison. La brutalité du criminel n'a pas de second mouvement. Les têtes brûlées n'ont pas d'ange gardien.

*

Il est naturel au loup de manger du mouton. S'il me fallait tuer l'agneau dont je me nourris, je n'en serais jamais le boucher.

*

Aujourd'hui a besoin de demain pour être aujourd'hui. Cependant je sais que demain ne sera pas mon aujourd'hui. Je ne puis supporter d'être mortel qu'en jouant le jeu d'être immortel. Je m'instruis sans ignorer que j'ignore presque tout.

*

Tout homme qui pense est un héros malgré lui ou un idiot qui se flatte d'être raisonnable.

*

La plénitude du garde-manger réserve à l'esprit une paix guerrière.

*

C'est à leurs esclaves que les anciens durent le loisir de leurs inventions. C'est par leurs moines que les temps barbares ont sauvé leur âme. C'est à la faveur des femmes que les enfants sont devenus des hommes.

*

Le génie de La Fontaine est le fruit bienheureux d'un homme inutile. Les arts et les lettres sont les Mécènes des Augustes. Molière et Racine sortent de Versailles. Baudelaire, Gide et Proust furent des rentiers. Lamartine et Vigny furent des nobles. Balzac même eut des égéries. Les Mémoires de Chateaubriand racontent les infortunes d'une âme fortunée. La Parque de Valéry fila ses jours dans l'agence Havas. Aucun de ceux que je ne cite pas ne fut oublié des dieux ni des femmes. Les destinées les plus simples abondent en miracles obscurs. La substance du génie n'est pas un accident.

*

Les ombres du jour allument la nuit.

*

Les questions sont faites pour écarter les réponses.

*

Les nuits du poète ont plus d'éclat que les feuilles mortes des matinées.

*

Le mal éclaire le remède. Une chair insensible aux moustiques périrait de n'en pas souffrir.

*

Le sommeil nourrit le réveil et le requiem ne repose que les vivants.

*

Le nombre est une illusion de l'unité et le foisonnement des espèces la prodigalité d'un joueur. Les naissances n'ajoutent aux cimetières que la vanité des recommencements. Pourquoi la sève qui monte dans un brin d'herbe se fige-t-elle dans un séquoia ? L'univers n'est-il que l'absurde théâtre d'un infatigable machiniste ?

*

J'appelle destin les hasards qui m'ont fait et qui me défont. La Parque a perdu son fil.

*

Chaque homme n'a d'histoire que la durée de sa mémoire. La gloire est la mémoire d'un autre.

*

Je lis ma vie à mesure que je l'ânonne. J'imagine des causes qui étaient des suites.

*

Le grain invente le chapelet. Il nous serait impossible de continuer à vivre si nous ne croyions que chacun de nos moments ne dévide un fuseau plein.

*

Les trente années silencieuses de Jésus relèvent plus de la magie que sa naissance et sa résurrection.

*

La nature a fait l'homme capable de nager, mais impropre à voler. L'esprit ne s'égale à soi qu'en se surpassant. Prométhée vient de fabriquer des oiseaux sans ailes.

*

L'étude exquise et l'exercice amoureux du français par nature imprégné de latin ont enchanté dès l'école les heures jalouses de ma vie.

*

Il faut un double dans l'un. Je me parle avant de m'entendre.

*

Le silence éternel des astres qui roulent dans le firmament marque la perfection du rouage.

*

Le tout porte visage de son parfait détail.

*

Point de pensée qui n'attende le poinçon d'un contrôle ou qui déjà ne le devine.

*

Le génie est une folie surnagée. C'est Ulysse après la tempête.

*

Pardonner, c'est permettre au coupable de s'aimer encore.

*

Les voiles nous cachent ce que nous savons, mais les yeux nous instruisent mal de ce qu'ils nous montrent.

*

La raison nous éclaire en s'humanisant. Athéna prend la forme d'une compagne pour réveiller Nausicaa.

*

Le mensonge est aux aguets derrière les portes du possible.

*

L'œil de ma nuque conduit aussi ma voiture.

*

Le malade lit son corps dans le regard de son médecin.

*

Mon venin sera ton remède, dit l'un des deux serpents du caducée.

*

Le raccourcissement des jupes est la seule perpétuelle de la mode.

*

Le nom d'un bon auteur ne fait pas longtemps lire un méchant ouvrage, et quel orfèvre un jour ne fabrique des bijoux indiscrets.

*

Le théâtre et la musique sont des arts d'exécution. Il a fallu pourtant des mots et des notes pour en perpétuer la présence.

*

La force de la foudre passe par des nuages.

*

Les esprits légers se figurent que les moribonds touchent de si près au néant qu'ils y descendent sans tomber. L'agonie est un combat sous des paupières.

*

Il semblait que la foudre, Jupiter à part, fût inutile aux hommes. Or elle éclaire nos villages, nos cités brûlent de ses feux, elle fait tourner nos moteurs, elle nous a prodigué ses prodiges, son excès nous suffit à peine. Nous vivons des forces que dissipait la nature.

*

Le génie est le gain d'un temps perdu.

*

Nous partageons plus aisément un spectacle qu'un plat. Nous voyons en commun ; nous goûtons à part. La lumière est intellectuelle ; la chaleur est charnelle.

*

On parle haut pour être entendu. On parle bas pour être écouté. On écrit aussi pour l'oreille ou pour l'œil.

*

C'est à toi que je m'adressais dans ta voisine.

*

Les rieurs, dans Molière même, sont du côté vulgaire et sonore de la vérité.

*

Les gens d'esprit sont rarement d'intelligence avec eux-mêmes.

*

J'ai l'honneur de ne pas me respecter.

*

Les personnes que nous mangeons des yeux nous dévorent.

*

Je suis le chat fâché des caresses auxquelles j'ai cédé.

*

La pudeur s'habille pour coucher seule.

*

Je rends à César la monnaie de sa pièce.

*

Quelle mère n'attend un roi mage ?

*

Je me simplifie pour te comprendre.

*

Avant Jésus les hommes prenaient la terre pour le ciel.

*

Qui se tait ne consent pas. Si je parle, je m'expose à ton éloquence et aux raisons de ton mensonge. Tu voulais être mon maître et mon silence réserve ma réplique.

*

Tartufe avoue qu'après tout il n'est pas un saint. Le sentiment qu'il a de son indignité le rend convertible.

*

Nos ennemis sont assez mortels pour ne pas nous survivre.

*

Je suis un auteur sans ambition et un écrivain féru d'excellence.

*

Le sommeil nous défait pour nous refaire.

*

La musique persécute les musiciens et les poètes.

*

J'écris ce que je pense afin de ne plus penser à l'écrire. Le papier me dépouille.

*

L'homme est l'image d'un Dieu qui ne ressemble à rien.

*

Je ne cesse de m'adresser à l'autre que je suis.

*

Chaque auteur est traduit par son lecteur.

*

Un point n'est jamais tout ; il ne cesse de s'arrêter.

*

Mes livres ont plus de racines que de feuillages.

*

Ta question attend de ma réponse une autre question.

*

Nous sommes nés sans nous et nous mourrons d'être nés.

*

Il y a dans la santé un bonheur d'indifférence. Elle nous porte quand nous nous portons bien. La convalescence nous apprend ce que la naissance nous avait caché.

*

La vie de chacun est une réponse à la question que personne n'avait faite.

*

Tantôt la raison sauve la rime, tantôt la rime invente la raison. Leur mystère est dans la clarté qui les féconde. C'est la surprise du printemps qu'attendait l'hiver.

*

L'infiniment grand avait ébloui les anciens hommes. L'infiniment petit ne nous émerveille que depuis trois siècles. L'invention des lunettes nous a découvert d'autres cieux.

*

Le bœuf et la grenouille sont ce que la nature les avait faits. Dieu travaille l'homme.

*

Le plaisir et la douleur se confondent dans les chatouillements et dans les fureurs de l'amour.

*

J'aime dans la langue de Saint-Simon et dans la phrase de Ravel l'expression de leur véhémence. Cette vigueur impérieuse est le ressort d'une âme de feu.

*

Un grand peintre nous fait voir aussi ce qu'il ne voit pas.

*

Mon orgueil m'ôte à moi par la sévérité de son regard et par sa cruauté fraternelle. Ainsi, dans l'*Amphitryon* de Molière, le Mercure bat son Sosie.

*

Nul n'a besoin d'un autre pour être deux.

*

Le chef est domestiqué par ses serviteurs. Un amant est efféminé par sa maîtresse.

*

La faiblesse de Napoléon fut de croire à ses victoires. Il apprenait la guerre à ses adversaires.

*

L'homme nu effraya les bêtes sauvages comme les chevaux des Espagnols ont épouvanté les Incas. Si l'univers est habité, la guerre entrechoquera les planètes.

*

Une idée juste a besoin de l'excès qui la justifie.

*

La fausse note réveille l'harmonie.

*

L'espérance est trop vivante pour n'être pas religieuse. Le leurre de l'immortalité acharne tout mortel et le rappelle au poing du fauconnier. Les morts se réveilleraient pour mourir encore.

*

Plus pleine est la coupe, plus on se penche afin d'y boire.

*

Une morte est l'appât des femmes dans l'armoire de la Barbe-Bleue.

*

Nos bosses deviennent nos boucliers.

*

Il nous semble parfois que nos joies et nos douleurs ne sont pas de l'homme que nous sommes, et qu'elles nous frappent du dehors.

*

Rentre en toi-même, dit Auguste à son Octave, comme si la moitié de l'un n'était pas l'autre.

*

Tantôt nous gouvernons sans régner, tantôt nous régnons sans gouverner. Mais l'épine qui est dans la chair n'est-elle pas l'aiguillon de l'esprit ?

*

J'ai connu un homme qui s'appelait Laiguillon. J'aurais voulu porter ce nom-là.

*

Qui n'est un peu l'Harpagon de son bonheur quand la joie roule de l'or dans ses veines ?

*

Un autre moi-même noircirait mon soleil.

*

Personne n'ose se regarder longtemps dans le miroir qu'on lui tend.

*

Dieu commande qu'on l'aime et se veut invisible. L'incarnation le crucifie. Jésus s'est caché pendant trente ans. Il n'est entré dans deux mille ans d'absence que par trois ans de présence.

*

Tu me donnes ce que tu ne possèdes pas, mais que, grâce à toi, je découvre en moi-même. C'est le propre de l'amour que d'être fertile dans un autre.

*

Il arrive que dans un tournois de paroles et par un talent femelle, la riposte soit infiniment plus heureuse que ne l'attendaient et celui qui portait la botte et celui-là même qui la pare. L'éclat de la réponse étonne le bretteur comme si le coup ne fût pas parti de son poing. Voilà justement le génie.

*

Ingres, David et Gros ont ressemblé à Napoléon.

*

Il n'y a pas de sang bleu, mais les parieurs des champs de course ne jurent que par les quartiers de noblesse des chevaux et des chiens.

*

Le vague et la vague sont des enflures.

*

L'identité de deux triangles n'est qu'une idée de géomètre. Rien n'existe qu'en particulier. Les fameuses brebis écossaises qui ont remué les journaux ne sont qu'imparfaitement jumelles. Une pareille n'est point du tout une monade de Leibniz. Un et un ne sont deux que dans une grossière arithmétique.

*

Le juge ne conçoit pas que l'assassin ait été un autre homme que le criminel. Le repentir suppose un retour sur soi aux dépens de soi. Or le fou n'est pas un menteur ; il est étranger à ce qu'il est ; il a perdu son être avec sa raison d'être. La présence d'un absent n'est rien.

*

Si un dieu t'a inspiré pourquoi lui prêter ta signature ? L'un de vous deux est un voleur.

*

J'admire, dis-tu, la liberté de ton esprit. N'est-ce pas que tu vises à remplir mon vide ?

*

Je ne suis pas libre de ne songer à rien. Me voilà suspendu à ma suspension. Mon vide parfait m'endort. La santé de mon corps travaille à la paix de mon esprit. Mon cœur continue de battre et me réveillerait s'il s'arrêtait, comme le moulin du meunier.

*

Je suis libre d'agir à condition d'avoir quelque chose à faire.

*

Je suis sans y penser ce que je ne suis pas quand j'y pense. La journée de l'empereur et le soir du philosophe disputent Marc-Aurèle à Marc-Aurèle.

*

La réflexion n'est pour beaucoup d'hommes que l'intrusion du hasard ou le don cruel de la maladie. Toute méditation les viole.

*

La liberté est le sentiment tout à coup insupportable d'un frein longtemps imperceptible ou patiemment rongé. Les cahiers généraux ne souhaitaient pas la guillotine. Les vannes acceptaient l'écluse. L'histoire est faite de courants d'air.

*

Il est si douloureux d'ignorer ce que l'on va faire que nous sommes surpris après coup d'avoir agi comme nous avons fait. Le brasier ne se croit plus le fils de l'étincelle.

*

Les mains de la nuit accusent les yeux de ne les avoir pas éclairées.

*

Si le roi dit : l'État c'est moi, il oublie qu'un roi sans sujet est une tête coupée. Si chaque sujet dit : je suis le roi, il oublie qu'un troupeau de bergers n'a plus de mouton.

*

La chose publique aspire à faire de moi sa chose. Se peut-il qu'un esprit libre obéisse à un tyran intelligent ? C'est toujours Platon chez Denys.

*

Dieu est si nécessaire à l'existence de l'homme qu'il est absurde de s'interroger sur l'existence de Dieu.

*

Une lecture ardente et vraie des Évangiles rend inimitable l'imitation de Jésus-Christ.

*

Bien faire le mal enfonce dans l'enfer et mal faire le bien dans la balourdise.

*

Il y a des poètes à fond plat comme il y a des bateaux-lavoirs.

*

Murat, invulnérable cavalier, périt sous le feu d'un peloton.

*

L'invention de la nature est si singulière que les jumeaux sont des personnages de comédie. Les pareils ne sont plus nos semblables. C'est par une espèce de sacrilège que les plantes, et récemment les animaux, peuvent se reproduire par bouture. Le plagiat est plus propre à l'industrie qu'à l'esprit d'imitation.

*

Je crois trop aisément ce qui ne fait pas assez mal à croire.

*

J'aime aussi la chiquenaude que Pascal reproche au Dieu de Descartes.

Pré carré

Un port de tête altier, une élégance raffinée mais peu conformiste formaient son apparence. Son apparence plaidait pour sa personne. Sa personne redoublait la distance interpersonnelle quand même on était en sa présence, parce que la proximité n'était pas due, dans le contact social, puisqu'elle était offerte sur l'autre face, intime, que dévoilaient l'écriture quotidienne puis les livres. Une paroi séparait sérieusement l'intérieur et l'extérieur. On dira qu'ainsi n'était montré que ce qui doit l'être, et que l'homme privé est inutile à la littérature. Mais la distinction, en Roger Judrin, visait à accentuer l'intérieur, seul digne de privilège : dehors même, au lycée, chez Dominique Aury, à la librairie Daelman, il était toujours sur la réserve réfléchie. Il s'agissait alors d'attester que la pensée et les sentiments ne prennent substance que par les mots écrits. Le monde en tant que tel importait peu. Pas d'engagement public connu entre 1941 et 2000.

Qu'on regarde le rare enregistrement filmé de Roger Judrin (*Jean Paulhan 1884-1968 : le don d'ubiquité*, 1998, réalisé par Jérôme Prieur pour France 3, dans la collection « Un siècle d'écrivains »). Notre auteur parle de Jean Paulhan sur fond d'Arènes de Lutèce. Aucun autre décor n'eût mieux convenu pour dire ce qu'il avait à dire au présent (coruscant de passion) mais sur fond de passé lointain. Par là s'explique le port de tête altier : Roger Judrin, comme un lion silencieux détourne l'attention de soi, s'était écarté de tous les bruits du faubourg pour mieux saisir les murmures de la vie humaine primordiale – que masque selon lui l'immédiate attention à l'actuel. Par là aussi s'interprète l'usage du terme leibnizien de monade, qui porte un leibnizianisme esthétique seulement, car Roger Judrin ne cherchait pas l'entr'expression métaphysique des monades (l'universel comme terme de la recherche de la vérité). Il était, quoi qu'il en eût, plutôt un empiriste doué pour la connaissance des hommes, prêt à céder aux avantages immédiats d'un style de polémiste ; cela donne à bien de ses textes, en même temps qu'un charme délicieux (vivant, aujourd'hui encore), un côté grinçant (qui plaisait à nombre des abonnés à la *Nrf*), alors qu'une commission avec l'humour (mais le mot humour était un anglicisme, autant dire un diable dangereux) l'aurait réconcilié avec la douceur, car des propos déplaisants chez lui témoignent principalement de son isolement.

En ses ouvrages Roger Judrin est le chat et la souris, et il faut ouvrir les yeux pour apercevoir les coups de griffes qu'il reçoit de lui-même. Il aime alternativement être le rongeur de mailles qui dans la Fontaine délivre

(« Patience et longueur de temps
Font plus que force ni que rage »)

et le chat indifférent d'Hugo (*En voyage*, 1840) :

« Il revient, il reprend sa place, il se rassied, il rêve, il observe, et toujours, et dans tous ses mouvements et dans toutes ses actions, il déploie, avec son grossier entourage, ses manières de bonne compagnie, cette réserve, cette propreté en toutes choses, cette politesse légèrement ironique, ce demi-dédain indulgent, cette bienveillance à griffes cachées, cette supériorité voilée, cette résignation élégante, cet égoïsme savant, gracieux et sournois, d'un homme d'esprit fourvoyé dans une réunion d'imbéciles ».

En quel siècle vécut cet homme ?

Vis-à-vis d'Alain, dont il avait été élève quatre ans, la certitude d'une dette, mais nul souvenir d'un échange. De Simone Weil, dont il avait été le condisciple, il disait l'étonnement qui naquit de la lecture postérieure de ses textes ; il comprit le génie, mais non la présence. Certes il n'est pas facile de dire un être ; il a essayé de peindre sa condisciple en des pages encore inédites.

Roger Judrin fit profession de refléter inlassablement sa solitude peuplée de livres soigneusement choisis. Claudie Judrin raconte que les matins de son père étaient dévolus au travail d'écriture. Lui, trente ans après son mentor et ami Jean Paulhan, s'était forgé une identité ouverte aux quatre vents de l'esprit, à l'écart de toutes les identités secondaires. De là l'impression de cohérence qui se dégage de son œuvre pourtant diverse : les pensées détachées sont le contraire de penses dispersées. Un fil invisible les lie, et ce fil sans doute importe au fond autant que ces pensées où on le devine sans le trouver, comme on reconnaît la patte d'un cuisinier pourtant exprimée en une carbonnade ou un sabayon. À la fin du repas le chef vient saluer, mais c'est le sourire des hôtes plutôt que les mots prononcés qui conclut valablement le repas.

Seulement *Cercles d'onde* se constitue d'une myriade de courtes assiettes portant vingt grains de mil là, un quartier de citron ici. Nous avons allégé ce livre léger et profond, l'avons délesté de cinq ou six formules qui rompaient son rythme honnête. De pierre à pierre Roger Judrin franchit des gués, se retourne en nous demandant de le suivre, va dansant avec confiance en la puissance de son flûtiau. Il prend son temps comme pour nous prier de ne point perdre le nôtre. Ici il esquisse un entrechat. Là il esquive un obstacle mais reviendra sauter à pieds joints sur lui un peu plus loin. On peut le regarder aussi comme un chiropracteur, tout à effleurer un corps pour y déceler le nerf sensible. Il s'entendit durablement bien à cet égard avec René Étiemble.

La forme brève a correspondu, dans la carrière de Roger Judrin (qui commença par le roman et s'illustra conséquemment dans l'essai), à une radicalisation de sa méthode : allier connaissance approfondie et spontanéité. Le roman fut porté par la seconde, la première se devait de nourrir les essais. Or Roger Judrin se heurtait de chacun de ces côtés à deux obstacles contraires : le roman suppose une rédaction qui se commet avec l'aventure, l'essai implique une acceptation de la loi du savoir méticuleux. Discrètement brouillé avec l'Université il ne voulait entendre l'essai qu'à la Montaigne, quand bien même il n'était pas lui-même seul objet de son livre ; peu familier de la fantasque expérience du monde ouvrant au récit palpitant il enregistrait principalement les scintillements baroques de son âme, non les péripéties et les périls du récit. Restait la puissante conversation silencieuse que, du haut de son balcon au-dessus du monde, il ressentait être le fond vrai de la littérature. Toute pensée est en dialogue.

Se présentaient alors trois voies : la correspondance (il s'y adonna), la saisie au vol des pensées vives, le théâtre. L'écrivain Roger Judrin fut passionné par les personnages que la littérature antique l'avait porté à aimer, et instruit par la vanité toute en détails de la geste de cour restituée par les *Mémoires* de Saint-Simon. La scène est au fond la façon de dire les voix qui naissent de notre enfance, de nos lectures, de nos amours, de nos expériences. Roger Judrin était le dramaturge de son intelligence, mais, puisque celle-ci, admirable, était aimée de tous ses auditeurs mais ne troublait qu'une poignée d'auditeurs, il se résolut finalement à retenir sa fibre dramatique. Ludmilla et Georges Pitoëff pourtant le voulaient jouer (il faudra que soit publiée un jour sa pièce *Jardin fermé*), et des succès divers, à la radio publique et sur le plateau instable d'un théâtre compiégnois, l'encouragèrent — mais insuffisamment.

Il n'était plus qu'à se livrer à l'entreprise improbable d'attraper sur une base étroite ces pensées venues d'on ne sait où, en discord ironique ou en harmonie profonde avec d'autres, à les délivrer en archipel. Et Roger Judrin privilégia l'aphorisme, mais en y intégrant des éléments issus d'autres formes.

Roger Judrin naquit le 26 juillet 1909. Il fut l'élève d'Alain entre 1925 et 1930. André Maurois, ancien élève d'Alain à Rouen, lui recommande d'aller rencontrer Jean Paulhan, lequel le prie de se représenter à lui vingt ans plus tard. Ce qu'il fera. Au terme d'un parcours universitaire peu ordonné il devient professeur de Lettres classiques. Il épouse en 1939 Annie Gallais qu'il connut comme collègue au collège d'Épernay en 1937. Fait prisonnier au terme de la drôle de guerre il se trouve entre févier et septembre 1941 au Stalag II A à Fünfeichen près de Neubrandebourg, en Poméranie occidentale ; il rencontre là Jean-Paul Sartre et est un interprète de sa pièce *Bariona*. Transféré pour quelques jours à Neubrandebourg (où il rencontre pour la première fois Claude Gallimard et Jean Grosjean, qui deviendra son ami) il est rapatrié et arrive à Compiègne où il s'installe.

Après guerre il reçoit, dans le cadre de la renaissance de la vie artistique de cette ville, Paul Claudel puis André Maurois. Il écrit à cette époque sous pseudonyme. En 1950 il interprète lui-même le rôle principal de sa pièce *Corsaire et demi*. Il commence en 1953 une longue collaboration avec la « Nouvelle revue française », à laquelle il donnera pendant plus de vingt-cinq ans critiques, chroniques et billets réguliers. Au moins cinq de ses pièces sont jouées à la radio, par d'excellents acteurs. Son premier livre et unique roman, *Dépouille d'un serpent*, est publié aux Éditions de Minuit en 1955. *Boa-boa*, « conte allégorique » paraît, chez Gallimard, en 1957. Près de cinquante ouvrages suivront.

Sa dette vis-à-vis de Jean Paulhan et son admiration pour lui sont honorées dans *La vocation transparente de Jean Paulhan* (Gallimard, 1961). Il publie aussi en Suisse : Guilde du livre,

Éditions de L'Aire… Son amitié pour l'étonnant Jacques Chessex l'a conduit là. Sa production est intense. Il traverse bien entendu 1968 en anachorète. À partir de 1970 sa dévolution à Saint-Simon se confirme ; un livre et de nombreuses collaborations aux *Cahiers Saint-Simon*.

À partir de 1982 se développe une intense collaboration avec Mireille et Bernard Guillemot aux éditions Calligrammes, à Quimper. Dix-sept livres en tout. En Bretagne aussi est l'ami Marc Legros, après qu'y avait été l'ami Georges Perros. *Les douze dieux de l'Olympe* est le dernier livre publié ; c'est un ancien manuscrit remis sur l'établi. Il est dédié à Claudie Judrin « dont l'enfance fut nourrie d'Homère ». Veuf au début de 1999 Roger Judrin demeure rue de Gramont, à quelques numéros de son domicile initial. Il a alors le soutien supplémentaire nouveau de Catherine-Denise Lesguillons. Il écrit *Cercles d'onde*, et aime nous demander d'ouvrir au hasard son manuscrit puis de lire à haute voix n'importe lequel des aphorismes venu sous les yeux. Méthode de découverte qui peut être proposée à chacun. Roger Judrin meurt le 14 décembre 2000. Sa tombe est au cimetière nord de Compiègne, sous une pierre portant : « Dieu est esprit ».

Roger Judrin peut être mieux connu grâce à l'ouvrage *Roger Judrin, Cour et jardin*, spicilège coordonné par Jacques Message, Évelyne Lerouge et Guy Mahler, Amiens, Librairie du labyrinthe, 2017.

Jacques Message

Index des noms propres

Ni Écho, ni Narcisse (mais Œdipe), ni Dieu ni diable, ni Italie (mais Sicile) ni Tartare ; quelques dieux, quelques déesses.

*

D

E

F

G

H

I

J

K

L

M

N

O

P

R

S

T

U

V

W

Du même auteur

Dépouille d'un serpent, « roman à la française », Paris, Éditions de Minuit, 1955 [rééd. Méréal, 1995, rééd. Bordeaux, L'Arbre vengeur, 2012]
Boa-boa, conte allégorique, Collection Métamorphoses, Paris, Gallimard, 1957
Secrètes (en cinq figures), nouvelles, Paris, Gallimard, 1958
Lampes de prison, contes, Paris, Gallimard, 1960
La vocation transparente de Jean Paulhan, Paris, Gallimard, 1961 [rééd. Quimper, Calligrammes, 1984]
Le balancier, Paris, Gallimard, 1963
Le Prince de Ligne, De fleur en fleur (Préface et choix de textes), Lausanne, Guilde du Livre, 1964
Le Spectateur passionné, contes obliques, Paris, Gallimard, 1964
Moralités littéraires, essai, Paris, Gallimard, 1966
Goûts et couleurs, portrait abécédaire, Paris, Plon, 1966 [rééd. Paris, Méréal, 1996]
Brantôme, *Les Dames galantes*, (Introduction), Lausanne, Guilde du Livre, 1965
Ovide, *L'Art d'aimer* (Introduction et traduction), Lausanne, Guilde du Livre, 1967
Journal d'une monade, essai, Paris, Gallimard, 1969

Saint-Simon, Paris, Seghers, 1970 [rééd. Saint-Malo, Pascal Galodé, 2009]
Boccace, *Le Décameron*, trad. de Roger Bourciez, Introduction, Lausanne, Guilde du Livre, 1970
Montaigne, Paris, Seghers, 1971
Discords, dialogues, Paris, Gallimard, 1972
Feu nos maîtres, essai, Paris, La Table Ronde, 1974
Boussoles, Préface de Claude Launay, Paris, La Table Ronde, 1976 [rééd : 1995*]
Ténèbres d'or, Vevey, éditions de l'Aire, 1980
Chemin de braise, aphorismes, Vevey, éditions de l'Aire, 1981
Miroir d'ombre, dessin de Marcel Gonzalez, Quimper, Calligrammes, 1981
Grains de moutarde, Gravure de Sayed Darwiche, Quimper, Calligrammes, 1982
Un homme et l'homme [tirage de tête accompagné de trois gravures de Roland Sénéca], Quimper, Calligrammes, 1982
Médaille floue de Jean Grenier, Quimper, Calligrammes, 1982
Les barques de la nuit, Vevey, éditions de l'Aire, 1983
Fleurs de givre, [Dessin de Christian Caburet], Quimper, Calligrammes, 1983
Au creux de la main, [Dessin d'Annie Judrin sur quarante exemplaires numérotés], Quimper, Calligrammes, 1984
Joseph Joubert, *Lettres à Pauline de Beaumont et Louise Angélique de Vintimille*, Préface, Quimper, Calligrammes, 1984
Soie du silence, Quimper, Calligrammes, 1984 [Dessin d'Annie Judrin]
Vingt-trois lettres à Marcel Arland, Quimper, Calligrammes, 1985
Mots habités, Quimper, Calligrammes, 1985 [Gravure de Roland Sénéca]
Arc-en-ciel, Quimper, Calligrammes, 1987 [Dessin d'Annie Judrin]
Héraclite, *Fragments* (traduction), Quimper, Calligrammes, 1987

La rumeur de l'amour, Quimper, Calligrammes, 1988 [Dessin d'Annie Judrin]

Traits, Mortemart, Rougerie, 1988

La vague en poudre, Quimper, Calligrammes, 1990 [Dessin d'Annie Judrin]

Retours d'âme, poèmes, Quimper, Calligrammes, 1990 [Illustration d'Annie Judrin]

La pêche au feu, suivie de *L'encre et le roseau*, aphorismes, Troyes, Librairie bleue, 1991

Calepin de Minerve, Quimper, Calligrammes, 1992 [Illustration d'Annie Judrin]

Le poids de la cendre, poèmes, Quimper, Calligrammes, 1992 [Illustration d'Annie Judrin]

Compiègne en sa forêt, Préface de Jean Favier, Guide historique de François Callais, Photographies de Jean-Pierre Gilson, Paris, Plon 1994, [rééd. 1998]

Printemps d'hiver, Préface de Claude Launay, Paris, La Table Ronde, 1995

Vingt traits pour un portrait de Jean Paulhan, Avant-propos de André Berne-Joffroy, HC, Paris, Société des lecteurs de Jean Paulhan, 1998

Les douze dieux de l'Olympe, Illustrations originales de Montserrat, Avant-propos de Bruno de Cessole, Paris, Valmonde, 1998

CHEZ LE MÊME ÉDITEUR

ARIAS-MISSON Alain, *Autobiographie d'un personnage de fiction*
ARIAS-MISSON Alain, *Le Théâtre de l'inceste*
BAČIĆ ALIMPIĆ Jelena, *Dernier printemps à Paris*
BENGHOZI Pierre, *Loki 1942*
BERG Laura, *Milady la nuit*
BOIDÉ Caroline, *Les Impurs*
BONNAND Alain, *Arthur Cauquin au Yémen*
BONNAND Alain, *La Grammairienne et la Petite Sorcière*
BRENOT Philippe, *Taxi-Thérapie*
CASTANER Béatrice, *Aÿmati*
CASTANER Béatrice, *La Femme-Maÿtio*
CHEON Un-Yeong, *Adieu le cirque !*
CLECH Thierry, *Alone in Tokyo*
COHEN DE TIMARY Éloïse, *Babylone Underground*
DE PAS Patricia, *Figures littéraires de la dépression*
DOMECQ Jean-Philippe, *Deuxième chambre du monde*
DOMECQ Jean-Philippe, *Qu'est-ce que la Métaphysique Fiction ?*
DOYON René-Louis, *Éloge du maquereau*
DRUESNE Anna, *La Vénus aux kakis*
DUSSIDOUR Dominique, *Sade romancier*
ELIZAROV Mikhaïl, *Les Ongles*
ELIZAROV Mikhaïl, *Syphilis*

ENGDAHL Horace, *Café Existence*
ENGDAHL Horace, *La Cigarette et le Néant*
ENGDAHL Horace, *Le dernier porc*
ESTÈBE Christian, *Le Palanquin des caïds*
FIGUEIRÉDO (DE) Patricia, *Vous n'aurez pas mes cendres !*
FILOCHE Pierre, *Ce bel été 1964*
FILOCHE Pierre, *Harcelé*
GENÈVE Max, *Le jeune homme qui voulait ralentir la vie*
GENÈVE Max, *Le Transformiste*
GENÈVE Max, *Le Voyage de M. de Balzac à Turin*
GENÈVE Max, *Virtuoses*
GENTIL Mano, *Très chère Ursule*
GUERRESCHI Jean, *Histoires de la dame qui…*
GUERRESCHI Jean, *Riyad*
GUIOU Dominique & MORALES Thomas, *La Dame au cabriolet*
HÉAUME Stéphane, *Dernière valse à Venise*
HÉAUME Stéphane, *L'insolite évasion de Sebastian Wimer*
HIRSCH Mikaël, *L'assassinat de Joseph Kessel*
HOCQUENGHEM Guy, *La beauté du métis, réflexion d'un francophobe*
HWANG Sok-yong, *L'Étoile du chien qui attend son repas*
JACCARD Roland, *Le Monde d'avant Journal 1983-1988*
JACCARD Roland, *Les derniers jours d'Henri-Frédéric Amiel*
JACCARD Roland, *Station terminale*
JACQUET Élisabeth, *Mon mari et moi*
JAMET Marie-Christine (sous la direction de), *Casino Venier Venise*
JAY Salim, *Dictionnaire des romanciers algériens*
JAURÉGUIBERRY Ève, *Brouillarta*
JUDRIN Roger, *Cercles d'onde*
KHIYAVI Hafez, *Je puais le sang d'âne*
KHIYAVI Hafez, *Une cerise pour couper le jeûne*

KIM Yeonsu, *Tu m'aimes donc, Sonyong ?*
KIM Un-su, *Jab !*
KLOSSOWSKI Pierre, *Sur Proust*
KO Un, *La première personne est triste*
KRIER Sylvie, *Un cheval dans la tête*
LAIR Mathias, *L'amour hors sol*
LAMY Jean-Claude, *Ma première mort*
LARCHÉ Jean-Hugues, *Quintet pour Venise*
LECLAIR Bertrand, *La Villa du Jouir*
LEE Seung-U, *La Baignoire*
LEE Seung-U, *Le Vieux Journal*
LEMIEUX Anne, *Les Retranchées*
LUCIANI Lucrèce, *Le Cochon de Flaubert*
MAGRINI Liliana, *Carnet vénitien*
MATHIS Alexandre, *LSD 67*
MATIĆ Andrija, *Burn-out*
MATIĆ Andrija, *L'Égout*
MEYER Shmuel T., *La bouche ouverte*
MINIÈRE Isabelle, *Au pied de la lettre*
MINIÈRE Isabelle, *J'ai dix-huit ans, tous les âges à la fois, et j'ai un papa*
MINIÈRE Isabelle, *Je suis né laid*
MINIÈRE Isabelle, *Je suis très sensible*
MINIÈRE Isabelle, *Le Compagnon idéal*
MINIÈRE Isabelle, *On n'est jamais à l'abri d'une bonne surprise*
MOINE, Alice, *La Femme de dos*
NADAUD Alain, *Dieu est une fiction, essai sur les origines littéraires de la croyance*
OH Jung-hi, *Le Quartier chinois*
OLIVIER Jean-Michel, *Fête des pères*
PARAVEL Dominique, *Alice, disparue*
PARAVEL Dominique, *Giratoire*

PARAVEL Dominique, *Nouvelles vénitiennes*
PARAVEL Dominique, *Uniques*
POCCIONI Jean-Pierre, *Venise à l'heure du spritz*
QUINT Michel, *La Printanière*
RABIHAVI Ghazi, *Les Garçons de l'amour*
RABIHAVI Ghazi, *Le Sourire de Mariam*
RAYMOND-THIMONGA Philippe, *Adrian Æ*
RESENTERRA Olivia, *Le Garçon, scènes de la vie provinciale*
RESENTERRA Olivia, *Nécrologie du chat*
ROMAND Anny, *Abandonnée*
ROIRET Nicolas, *Orgyia Satina*
ROSIĆ Tiodor, *La Robe de madame Kilibarda*
ROUBAUDI Ludovic, *Camille et Merveille ou l'amour n'a pas de cœur*
ROUBAUDI Ludovic, *Nostra Requiem*
ROUZIN Marie, *Circulus*
SAGLIO Marie, *Bombay*
SERDAN Éliane, *L'Algérois*
SERDAN Éliane, *La Fresque*
SERDAN Éliane, *La Ville haute*
SERDAN Éliane, *Le petit Antonin*
SIEFENER Michael, *Albert Dunkel, écrivain de génie, tueur en série*
STÉNUIT Marie-Ève, *Le Tombeau du guerrier*
STIBBE Isabelle, *Bérénice 34-44*
STIBBE Isabelle, *Les Maîtres du printemps*
TEYSSEYRE Michèle, *Loin de Venise Vivaldi, Rosalba, Casanova*
TEYSSEYRE Michèle, *Patagonie*
TRIBUSON Goran, *Le Cimetière englouti*
VAFI Fariba, *Un oiseau migrateur*
VERHAEGHE Jean-Daniel, *La Liseuse*
VERHAEGHE Jean-Daniel, *Le passé définitif*

VIDAL Florence, *L'Affaire des miroirs de Venise*
WAILS Stanislas, *La Maison Matchaiev*
YE Lingfeng, *Confessions inachevées*
ZIZI Bachisio, *Les Troupeaux de la colère*

Collection Boucan

Mensonges en gilet jaune, Sylvain Boulouque
Macron, un roi en bras de chemise, Armand Farrachi

Achevé d'imprimer en 2023 par Books Factory
Imprimé en Europe

Dépôt légal : juin 2023